박한얼 소설집

# 바이달린

박한얼

KB191366

# 바이달린

인쇄 / 2011. 1. 10.
발행 / 2011. 1. 15.
저자 / 박한얼
삽화 / 정슬기
발행인 / 이은숙
발행처 / 도서출판 황금두뇌
등록 / 1999. 12. 3 재 9-00063호
주소 / 서울 강북구 수유동 461-12
전화 / 02-987-4572
팩스 / 02-987-4573
정가는 책 표지에 있습니다.

박한얼 소설집

# 바이달린

# 차 례

추천사

고정욱 (소설가, 아동문학가)

# 머리말

## - 키 크고 싶은 아이

『난 잭과 요술 콩나무랑. 말하는 우렁이랑 착한 콩쥐. 못된 팥쥐. 를 봤다. 끝』

7살 때 처음 쓴 글입니다. 띄어쓰기도 엉망이고 문장도 끝나지 않았는데 온점을 찍어놓은 일기예요. 선생님께 지적을 받기에 좋은 일기지요. 하지만 이건 제 최선의 표현이었습니다. 멋진 표현을 몰라 설명만 하고 그림이 더 많은 일기였습니다. 신데렐라, 토끼와 거북이랑 놀고 나면 그림을 그려 즐거움을 간직했습니다. 그것들이 쌓이고 쌓여 제게는 많은 '느낌'이 있습니다.

고개를 들면 하늘이 말을 걸고 숙이면 풀이 손짓을 합니다. 홍수가 지면 강에 흙탕물이 이는 것처럼 태풍이 몰려오는 날 하늘도 탁한 붉은색이 되었습니다. 천둥소리에 문득 깨어 바라본 창문 밖으로 시뻘건 하늘이 보였죠. 그것은 아침햇살이 떠오를 때나 노을이 질 때의 붉은 빛과는 또 달랐습니다. 이상한 나라의 엘리스가 빠져든 깊은 굴처럼 마음을 빨아들이는 붉은 빛이었습니다. 전 신기하고 놀라워서 잠결에 잘못 본 건가 싶어 눈을 비비며 다시 보았습니다. 하늘은 정말로 빨갰습니다. 하지만 그 사실을 저만 알고 있더군요. 재개발공사장 풀숲 어디에서 귀뚜라미 우는지도 저만 알고 있습니다. 이

건 제 착각일지 모르지만 푸른 하늘과 풀꽃 그리고 새들이 저에게만은 유난히 친절하답니다. '나의 작은 나무 동굴에서'는 제가 봐 온 골목골목 수풀이 커진 것입니다. '바이달린'에서 달이를 이해해주는 날씨도 제가 만난 하늘의 표정이 조금씩 들어간 것입니다.

저는 친구들보다는 머리 두 개 정도가 작지만 평범한 아이입니다. 수다 떠는 걸 좋아하고 다른 사람 흉을 볼 때 스트레스가 풀리기도 합니다. 제게 다른 점이 있다면 친구들이 사랑하는 것과는 다른 걸 사랑하는 것입니다. 풀을 사랑하니까 풀들이 제게 말을 겁니다. 이름을 모르면서 얘기할 수 없으니 저는 그 풀의 이름을 알아내서 불러줍니다. 책을 사랑하니까 책에서 나온 인물들이 저를 끊임없이 따라다닙니다. 아무 때나 불쑥불쑥 나타나 놀아 달라 그림 그려 달라 떼를 쓰기도 합니다. 그리고 가끔씩은 아주 좋은 문구를 선물해 주고 가기도 하지요. 그래서 제게 소설을 쓰는 일은 제가 만난 풀과 새와 이야기 속 아이들과 재미나게 노는 일입니다. 그래서 참 행복합니다.

이 놀이를 알아봐 주시고 책을 내도록 길을 열어주신 고정욱 선생님처럼 저도 많은 사람들이 책 속에서 행복해지는 그런 글을 쓰고 싶습니다. 그렇게 된다면 제 키도 다른 친구들보다 두 배 정도는 커 보이지 않을까요?

소설 하나

# 나의 작은 나무 동굴에서

"뜨디디딩! 뜨디디딩! 일어나세요!"

7시다. 나는 이 소리가 세상에서 제일 싫다. 고장도 안 나는 요놈의 알람처럼 오늘도 어제와 똑같은 생활을 반복하게 될 것이다.

'아, 하루를 어떻게 보내지?'

잠에서 덜 깬 눈을 뜨는데 한숨이 나온다. 아픈 척이라도 해볼까 계속 자리에 누워 끙끙거렸다. 곧 엄마의 큰 손이 내 엉덩이로 날아왔다.

"안 일어날 거니? 하인이는 아침 6시에 수영장에 다녀온다더라. 넌 7시에도 못 일어나면 어쩌려고 그러니?"

'아이고, 또 시작이시군.'

"알았어요, 일어났다고요."

나는 하인이 이야기가 더 나오기 전에 냉큼 일어나 화장실로 들어갔다.

"새도 일찍 일어나야 벌레 하나라도 더 물어온대. 넌 어쩜 깨워야 일어나니? 하인이 걔는 공부도 잘하는 게 부지런……"

세상에서 가장 길고 징그러운 말꼬리를 자르려고 화장실 문을 쾅 닫았다. 잘린 말꼬리가 술술 살아날까 봐 문을 잠갔다. 저럴 때 엄마는 왜 하인이 엄마가 아니고 내 엄마가 되었는지 이해가 가지 않는다.

나는 내 또래보다 작고 약하다. 툭하면 아프고 다치기도 잘 한다. 작은 내가 살아남으려면 실력을 쌓는 것뿐이라고 믿는 엄마 때문에 나는 날마다 산더미 같은 숙제를 끝내야 잘 수 있다. 엄마는 공부를 잘 해야 잘 살 거라고 믿는다. 엄마는 내 어깨에 가방자국이 선명한 것을 알기나 할까. 과외를 받아 들어간 선수영재학원은 끝이 보이지 않는 숙제를 내준다. 어른들은 내가 중학생도 되기 전에 고등학교 공부를 다 끝내게 하려는 모양이다. 도대체 고등학교에 가면 무슨 공부를 하라고 그러는지 알 수가 없다. 끝내지 못한 숙제를 질질질 학교까지 끌고 와 했다. 그러다보니 쉬는 시간에 친구들과 노는 것은 꿈이었다. 오늘도 다크서클이 내려앉은 눈을 끔뻑거리며 수학 문제를 푸는데 예찬이가 다가왔다.

"공기놀이 하자. 지수가 공깃돌 가지고 왔어."

"나 바빠. 다음에 해."

공기놀이라면 한 번에 네 통 푸는 건 자신 있는데 아쉽다. 학원에서 매 맞을 것을 생각하면 저런 유혹쯤은 참아내야지. 그런데 약만 오르게 옆에서 공기놀이하는 예찬이와 지수가 부러운 건 어쩔 수 없다.

'참, 슬픈 현실이야.'

넋두리가 저절로 흘러나온다.

여섯 살 때 가족과 함께 지리산에 갔었다. 여름이라서 온통 초록빛이었다. 쪼롱쪼롱 호로록호로록 후꾹후꾹…… 새종류만큼 새소리도 여러 가지였다. 여름인데도 살갗에 닿는 바람이 서늘했다. 나무들은 푸르고 싱그러워 나뭇잎을 흔드는 바람이 초록으로 보였다. 집 앞 가로수에 사는 매미는 하늘을 찢는 소리로 짜증을 부리며 우는데 숲 속에서는 매미소리가 다른 새소리들과 어울려 수수한 합창을 하는 듯했다. 오빠들은 신이 나 가파른 오르막길을 거침없이 올랐다 내려왔다를 반복했다. 아빠와 엄마는 도란도란 이야기를 나누며 천천히 올랐다. 돗자리와 사진기, 김밥, 간식이 들어있는 가방은 아빠와 엄마 큰오빠가 돌아가면서 멨다. 오빠는 무거운 가방을 둘러메면서, 지리산은 중력이 다른 데보다 더 센 것 같다고 너스레를 떨었다. 올라갈수록 지리산의 원시림은 울창하고 빽빽했다. 마치 타잔이 타고 지나간 것 같은 긴 넝쿨들이 큰 나무와 나무 사이에 치렁치렁 내려와 서로 손을 잡고 있었다. 어떤 것은 회색으로 갈색으로 어떤 것은 푸른색으로, 간간히 새빨간 옻나무 잎이 섞인 숲 속은 마치 할머니가 헐렁헐렁 짠 스웨터 같았다. 그 속에 들어가 폭 안기고 싶을 만큼 아늑해보였다. 그 때 나는 나무에서 버섯을 재배하는 것을 처음 보았다. 스티로폼을 떼어낸 조각처럼 보송보송한 버섯이 나무에 딱 붙어 있었는데 자기 몸 한쪽을 내주어 버섯을 자라게 하는 나무가 불쌍하고 기특했다. 나무는 깡둥깡둥 잘린 채 흙담에 기대고 서 있었다. 이미 죽은 나무가 또 무엇을 살리는 산에서는 모든 게 새로웠다. 노고단에 오르자 어느 순간 숲이 뚝 끊겼다. 솜씨 좋은 정원사가 싹둑싹둑 잘라버렸는지 큰 나무는 없고 자그마한 것들만 듬성듬성거렸다. 그 사이로 꽃들이 벌판을 이루고 있었다. 노고단 야생화서식지였다. 집에 돌아오는 차에서 창밖을 보니 어슴프레한 산이 마치 '꼭 다시 와!' 하는 듯했다. 구멍이 숭숭 뚫린 스웨터 같은 나무 숲이 어서 들어오라고 손짓하는 것을 보다 잠이 들었다. 집에 도착할 때까지 나는 총총거리는 새와 바쁘게 달려가는 다람쥐를 따라다니는 꿈을 꾸었다.

　왜 그 꿈이 선명하게 떠오르는 것일까. 나는 여전히

학원 숙제에 묶여 있다. 중학생 과정의 영어와 수학을 배우게 되면서부터는 날마다 숙제와의 전쟁이다. 머리도 지끈거리지만 가슴이 답답해서 터질 것 같다. 오늘은 지나가는 소리로 엄마에게 말했다.

"엄마, 오늘만 학원 안 가면 안 돼요?"

"안 돼! 한 번 빠지면 숙제가 얼마나 밀릴지 알잖아? 그거 보충하다보면 다른 과목도 계속 밀리게 돼!"

기대는 하지 않았지만 예상했던 답을 들은 것인데도 눈물이 핑 돈다.

'내가 얼마나 힘든지 엄마는 알까. 어디가 아픈 건지, 힘든 건지 물어라도 보았다면…….'

엄마가 그렇게 거절하지 않았다고 해도 학원을 끊지 않는 이상 하루 쉰다는 것은 나만 더 힘들어지는 일이란 걸 나도 잘 안다. 가족 모임이 있어도, 아파도 학원에 나오는 친구들 대부분은 쌓이는 숙제보다도 그 과정에서 낙오하는 걸 더 두려워한다. 한 번 학원에 들어가면 멈추거나 떨어지는 건 있을 수 없다. 앞으로만 가야하기 때문이다. 마치 무서운 귀신이 쫓아 와 어쩔 수 없이 숨이 막히도록 앞으로만 뛰어야하는 어린 아이 같다. 숙제귀신에 쫓기다 내가 잠드는 시간은 새벽 1시다. 그 긴 하루 중에 내가 원하는 것은 허락되지 않는다.

내 심장은 숙제의 끈에 더욱 조여 왔다. 현실을 빨리

직시하려고 쉬는 시간 없이 폐인처럼 숙제를 해왔다. 그렇게 지쳐가던 어느 날, 몇 개월 만에 쉬는 시간이 생겼다. 엄마가 원장 선생님으로 계신 학원의 컴퓨터로 요즘 관심을 받는 소식을 훑어보았다. 연예계에 대한 소식이 대부분이었다. 내가 알아도 별 도움이 안 되는 일들이 '뜨는 정보'에 실려 있었다. 그런데 내 눈길을 사로잡는 기사가 있었다. '순천의 허파, 오산'에 대한 것이었다. 전남 순천에 있는 산인데 야생동물이 많이 서식하고 있는 자연 그대로의 산이라고 했다. 사진을 보니 탁 트인 풍경이 마음을 끌어 당겼다. 꼭 보고 가야 한다는 용서폭포도 장관이었다. 컴퓨터 앞에서 10분만 쉬자고 했는데 오산에 마음을 쏙 빼앗기고 말았다.

오늘은 여름 방학식 날이다. 학원이 쉬는 날과 겹쳐서 다음 학원 숙제만 끝나면 하루 종일 쉴 수 있었다. 그덕에 내 오른쪽 담당 현희와 왼쪽 담당 하은이랑 선지 자리에서 이야기를 나눌 수 있었다. 우리반 애들은 심심하면 다른 아이의 자리에 앉아 자리 주인을 기다린다. 자리 주인이 오면 종이를 꺼내서 빙고 놀이를 한다. 곧 선지가 오자 자리를 내어주고 그 앞자리에 뒤돌아 앉았다. 오랜만에 쉬는 시간에 친구들과 놀아서 기분이 좋았다. 게다가 학교도 일찍 끝날 거라고 생각하니 싱글싱글 웃음이 나왔다. 방학 때 뭐 할 것인지 이야기를 하고 내 자리에 돌아와 앉았다. 나는 서랍에서 스프링이 달린 수첩을 꺼냈다. 사실 방학에 무얼 할지 이 수첩에 모두 적어 두었다. 하지만 현희와 하은이에게는 수첩에 적힌 것을 아무것도 말하지 않았다. 수첩에는 산에서 있을 법한 이야기들이 적혀있었는데 다른 사람들이 보았을 때는 내가 소설을 쓴 것이라고 생각할 것이다. 하지만 그건 내게 실제로 있을 일들이었다.

방학식이 끝나자 곧장 집으로 갔다. 가슴이 두근거려 걸음을 빨리 재촉했다. 다행히 집에는 아무도 없어 짐을 챙길 수 있었다. 수첩을 보며 짐을 챙기고 몇 번이나 다시 짐을 확인했다. 배낭을 메고 밖에 나가니 가슴이 쿵쾅거렸다. 대회에 나간 것처럼 다리가 후들후들거려서 숨을 깊이 들이마셨다. 버스 정류장에서 터미널로 가는 버스를 탔다. 출발 전 기다리는 몇 분이 몇 시간처럼 느껴졌다. 터미널에 도착하고 표를 사러 매표소에 갔다. 침을 꿀꺽 삼키고 아무렇지 않은 것처럼 입을 열었다.

"수, 순천 가는 버스 표 하나요."

난 매표소 언니와 눈을 마주치지 않으려고 했다. 언니가 말했다.

"5,900원입니다."

그 언니는 아무 의심 없이 표를 건네주었다. 난 인사하는 것을 잊지 않고 순천 가는 버스를 찾은 뒤 미리 차에 탔다. 자리에 앉아 가방을 내려두고 편하게 기댔다. 아무 생각 없이 있는데 문득 엄마가 옆에 있었으면 하는 생각이 들었다. 풀꽃과 나무를 좋아하는 엄마는 산에 가면 정말 즐거워한다. 나만 혼자 산에 간다니 두렵기도 했다. 하지만 학교와 학원에서 벗어나 자연에서 지낼 생각을 하니 가슴이 뛰었다.

눈을 떠 보니 순천 터미널이었다. 그렇게 오래 걸리지는 않았지만 오는 내내 바짝 긴장을 하고 있어서 잠이 들었을 것이다. 버스에서 내리고 어떻게 해야 할지 곰곰이 생각해 보았다. 항상 여행을 떠나면 엄마나 아빠가 있어서 길 잃을 걱정은 안 했지만 이번은 상황이 전혀 다르기 때문이다. 게다가 길 찾기에는 자신이 없어서 결국 택시를 타기로 했다. 돈은 충분히 가져와서 다행이다. 2년 동안 통장에 모았던 것을 찾아 돈은 걱정할 필요 없다. 터미널 밖으로 나오니 택시들이 줄줄이 서 있었다. 그 중 한 대에 타 용서마을에 가자고 했다.

"어린 것 같은데 혼자 어디 가니?"

가슴이 철렁했다. 얼른 머리를 굴려 말해야 했다.

"친척 집에 가는 거예요. 엄마랑 아빠는 미리 가 계세요."

집을 나오니까 거짓말이 늘겠다. 그래도 가출한 게 들키지 않으려면 어쩔 수 없이 그래야만 한다. 택시에서 내리니 나무가 많은 시골 마을이었다. 공기가 상쾌해서 벌써 산에 온 것 같았다. 하지만 여긴 용서마을이지 오산이 아니었다. 마을 주민에게 물어보기로 했다. 마침 몸뻬를 입은 할머니가 지나가고 있었다.

"저기 할머니, 길을 좀 여쭙고 싶은데요."

할머니는 몸을 돌려 나를 봤다. 난 최대한 친근하게 웃었다. 할머니도 웃으며 물어보라고 했다.

"오산이 어딘지 아세요?"

"오산? 아, 저그 배바위 위짝에 있능거 말하제? 알제. 이짝으로 쭉 가다가 왼짝으로 틀어서 오솔길 타고 올라가면 거그가 오산이여."

난 할머니가 친절하게 대해 줘서 고마웠다. 난 고맙다고 몇 번이나 인사를 했다. 할머니는 길이 갈라지는 곳까지 나와 함께 갔다.

"여그서부터 저 사람들이 가는 대로 따라가믄 오산이여. 근디 혼자 가냐?"

난 택시 아저씨한테 말을 돌린 것처럼 둥주리봉에 미리 간 가족이 기다리고 있다고 했다. 할머니는 잘 가라고 하고 마을 쪽으로 걸어갔다. 난 마음을 단단히 먹었다. 내가 결정한 일이니 기왕 온 것 제대로 지내보자고. 등산로를 따라 오산이 있는 곳까지 걷고 또 걸었다. 그렇게 오랫동안 걸은 적이 없어 나무벤치가 나올 때마다 쉴

수밖에 없었다. 1시간이 훨씬 지나고 드디어 오산에 도착
했다. 귀가 멍멍하고 어지러웠지만 다 왔다는 생각에 가
슴이 벅찼다. 난 사람들이 없을 때 숲 속으로 들어가기
로 했다. 주변에 사람이 한 명도 없자 배낭에서 깃발 꾸
러미를 꺼냈다. 등산로를 기준으로 오산의 양 옆으로 끝
없이 펼쳐져있는 숲 중 왼쪽에 있는 숲으로 들어갔다. 몇
십 미터 간격을 두고 깃발을 꽂으면서 걸어갔다. 그 깃발
은 내가 만든 것인데, 긴 막대에 작은 깃발이 달려 있어
깊숙이 꽂으면 땅만 유심히 쳐다보고 있어야 보일 정도
라서 다른 사람들이 꼼꼼히 보지 않으면 그것이 무엇인
지 알 수 없을 것이다. 약수터에서 수직 방향으로 들어가
고 있는데 다시 밖으로 나올 때 길을 잃지 않으려고 깃발
을 꽂아두고 있다. 다행히 나무는 그렇게 빽빽하지 않아
서 햇빛이 충분히 들어왔다. 야생풀들이 땅을 덮고 있었
다. 최대한 밟지 않으려고 깨금발로 걸었다. 충분히 깊은
숲이라고 생각이 들자 지낼 동굴 같은 것이 있나 찾아보
았다. 한참 뒤, 나는 아주 커다랗고 굵은 고목에 구멍이
나 있는 것을 보았다. 얼마나 큰 고목인지 내 키의 몇배
는 되어 보였다. 구멍은 속이 텅 비어 있었다. 안을 살펴
보니 어깨를 수그리면 설 수 있을 정도로 넓었다. 습기 때
문에 축축한 바닥에 돗자리를 깔고 동굴을 둘러보았다.
새우처럼 누워야 잘 수 있겠지만 지내기엔 별로 문제없

을 것 같았다. 배낭을 풀어서 짐을 확인해 보았다. 생식 열다섯 개, 고구마 두 봉지, 빈 페트병 한 개, 옷 두 벌, 작은 담요, 세면도구, 수첩, 필통, 책 한 권, 손전등, 그리고 내가 깔고 앉아있는 돗자리, 물은 숲 입구의 약수터에서 떠오기로 했다. 배낭을 풀고 짐을 정리하니 혼자라는 게 실감이 났다. 나무동굴 밖으로 나와 크게 숨을 들이쉬었다. 시원한 바람 냄새가 뼈 속까지 스며들었다. 가방에서 좀 더 큰 깃발을 꺼냈다. 이 깃발에는 분홍색으로 '달콤한 집'이라고 써져 있다. 이슬 때문에 번질 수도 있으니 특별히 코팅까지 했다. 물론 다 몰래몰래 만든 깃발이다. 나무동굴 앞에 깃발을 꽂고 멀리 떨어져서 동굴을 보니 가슴이 두근거렸다. 커다란 가방을 무겁게 메고 온 보람이 있었다.

한여름이지만 나무동굴은 선선했다. 밤에는 추워질 지도 모르니 입구를 막기로 했다. 땅에 드문드문 떨어져 있는 나뭇가지와 다른 나무를 감싸고 있는 덩굴을 모아 구멍 입구에 붙였다. 필통의 목공풀을 제대로 쓴 셈이다. 그리고 돗자리 밑에 마른 이끼를 깔았다. 나무에 붙어있는 것도 뜯어서 손가락이 욱신거렸다. 나무껍질이 손가락에 박혀서 피가 났다. 하지만 이끼를 깔고 나니 동굴 바닥이 푹신푹신해져서 앉을 때 엉덩이가 아프지 않았다. 잠자리를 다 만들고 나니 배가 고팠다. 입구의 나무뿌리에 걸터앉아 고구마를 조금씩 천천히 먹었다. 내 앞에 펼쳐진 풍경에 취해 있는데 다람쥐 한 마리가 쪼르르 달리더니 상수리나무 근처에서 멈추는 게 보였다. 머리를 똘레똘레 움직이고 있는 걸 보니 귀여웠다. 가만히 지켜보다가 고구마를 조금 떼어 조심조심 다가갔다. 나무 근처에 왔을 때 다람쥐가 움직이려고 하자 숨도 쉬지 않고 멈춰 섰다. 다람쥐는 코를 움직이며 내가 서 있는 쪽으로 왔다. 난 천천히 앉아 고구마 조각을 땅에 내려놓았다. 다람쥐가 손에 닿을 정도로 가까이 오자 텔레비전 정지 화면처럼 미동도 할 수 없었다. 다람쥐는 나를 경계하는 모양이었다. 내가 가만히 있으니 안심이 됐는지 고구마 조각에 다가가 코를 움찔거렸다. 다람쥐가 고구마 조각을 들고 먹자 손을 내밀었다. 내 손 위에는 고구마 조각이 잔뜩 있었다. 다람쥐가 코를 실룩거리며 손 위로 올라왔다. 등산객이 많은 산에 사는 다람쥐는 사람을 두려워하지 않는다더니 맞는 말인 것 같다. 다람쥐를 처음 만져보았다. 내가 지금까지 봐 왔던 사진과 비교할 수 없을 만큼 귀여웠다. 그리고 털은 보드라웠다. 난 다람쥐가 놀라지 않도록 천천히 움직이며 동굴에 갔다. 다람쥐가 떨어지지 않게 다람쥐 등을 가볍게 감쌌다. 동굴에 들어가 고구마를 갉작이는 다람쥐를 유심히 쳐다보았다. 그 모습을 남겨두고 싶었는데 내 그림 실력이 부족한 것이 아쉬웠다. 사진기를 가지고 왔으면 좋았을 텐데. 나는 이 귀여운 녀석을 내 머릿속에 남겨두기 위해 꼼꼼히 관찰했다. 다람쥐는 양 볼이 볼록해지도록 먹고도 부족한지 동굴을 떠나지 않았다.

"어서 가! 엄마가 기다리잖아!"

다람쥐 등을 손가락으로 툭툭 쳐도 내 발끝을 쪼르르 쫓아다녔다. 어쩔 수 없이 다람쥐를 데리고 다녔다. 내 첫 동물친구에게 이름을 지어주고 싶었다. 고구마를 좋아하니 '고구마'에서 '구마'자를 빼고 대신 '야'를 붙여 '고야'라고 이름을 지었다. 고야는 이름이 마음에 든다는 듯 꼬리를 흔들었다. 고야는 귀가 반원 모양이고 작다. 꼬리는 복슬복슬한 털로 뒤덮였고 등에 까만 줄이 세 개 있다. 참 사랑스럽다. 나는 고야 덕에 지루하지 않았다. 그런데 동굴에 있는 고야가 심심할 것 같았다. 학교에서 배운 '종이 다리 만들기'가 생각났다. 나는 수첩 한 장을 찢어 종이를 접고, 접고, 또 접어서 아치형 종이 다리를 만들었다. 나뭇가지를 주워 동굴 한 구석에 얼기 설기 쌓은 뒤 그 위에 종이 다리를 목공풀로 붙였다. 고야가 놀만한 놀이터로 충분했다. 고야는 종이 다리를 앞발로 긁기도 하고 다리 사이를 건너다니기도 했다. 고야가 다리를 좋아하는 것을 보니 다행이었다.

고야는 내가 밖으로 이동할 때 내 어깨에 올라 어디든 따라다녔다. 어떻게 고구마의 맛을 알아버렸는지 자꾸 내 발등을 톡톡 건드리며 고구마를 달라고 졸랐다. 그래서 목소리에 힘을 주고 말했다.

"고야! 고구마 좋아하는 건 좋지만 나도 음식이 필요해!"

그래도 계속 그러면 어쩔 수 없이 고구마를 줘야 한다. 가끔 땅에 떨어져 있는 열매를 보면 간이 둥지에 가져다 놓기도 한다. 고야가 저 혼자 어딘가로 갔을 때에는 고구마 부스러기를 나무동굴 주변에 뿌려 오기를 기다리면 된다. 고구마 냄새를 맡은 고야가 곧 쪼르르 달려오기 때문이다. 고구마 부스러기를 뿌려놓았는데도 고야가 오지 않아 덩굴 발을 손보고 수첩에 일기를 썼다. 사실 일기보다는 메모에 가까웠다. 수첩에 '7월 23일 새로운 동물 친구를 사귀어 색다른 첫 날'이라고 쓰고 대강 고야의 모습을 그렸다. 숲의 모습도 그리고 싶었지만 숲은 내가 그리기에 너무 아름다웠다.

혼자 버스를 타고 산에 오르고 숲을 탐험한 것이 고단했는지 수첩에 그림을 그리다가 잠들어 버렸다. 잠이 깨어 손목시계를 보니 새벽 5시밖에 안 되었다. 어제 땀에 젖었던 옷을 갈아입고 페트병을 챙겼다. 혹시 고야가 왔나 주위를 살펴보고 오면 먹으라고 고구마를 조금씩 떼어 뿌려두었다. 갈아입은 옷, 세면도구, 페트병을 들고 깃발을 따라 걸으니 약수터가 보였다. 이른 새벽이라 사람은 아무도 없었다. 약수터에는 수도꼭지가 달려있는 기둥이 있는데 네모난 틀이 물이 퍼지는 걸 막아주었다. 먼저 페트병에 물을 담고 옷을 빨았다. 빨래 비누 반쪽을 옷에 문질렀다. 거품이 나지 않아 벅벅 문지르다보니 어깨가 뻐근했다. 빨래를 끝내고 땀이 난 얼굴을 씻고 머리도 감았다. 동굴로 돌아와 긴 나뭇가지를 목공풀로 천장에 붙이고 그 나뭇가지에 빨래를 널었다. 생식을 타 먹고 머리를 수건으로 감싼 채 700쪽이 넘는 판타지 책을 꺼냈다. 오랫동안 읽으려고 집에서 제일 두꺼운 책을 가져왔다. 동굴에는 덩굴 때문에 빛이 잘 안 들어온다. 그래서 짧은 나뭇가지 두 개를 입구 양쪽에 가로로 붙여 덩굴을 나무 면과 나뭇가지 사이에 넣으면 커튼처럼 한 쪽만 열 수 있고, 양쪽 다 열 수도 있다. 대신 책을 읽거나 수첩에 그림을 그릴 때만 열어둔다.

정해둔 페이지 수 만큼 책을 읽고 숲을 둘러보기로 했다. 아침의 숲은 투명했다. 군데군데 남아있는 이슬이 햇살에 반짝였다. 황조롱이의 맑은 소리가 숲에 울렸다.

가끔 여치가 풀들 사이로 뛰어다녔다. 나도 여치를 잡으려고 뛰었는데 여치는 동에 번쩍 서에 번쩍 홍길동처럼 순식간에 사라졌다가 다시 나타났다. 무릎에 흙이 묻고 소맷자락이 젖은 끝에 마침내 여치를 잡았다. 작은 여치 한 마리가 엉뚱한 즐거움을 주었다.

"우하, 내가 여치를 잡다니!"

팔을 쭉 뻗어 소리치다 그만 여치를 놓쳐버리고 말았다. 맥이 풀려 다시 여치를 잡는 건 포기했다. 숲 속으로 들어갈수록 나무가 많았다. 노란 꽃 빨간 꽃들이 고개를 내밀고 있었다. 풀 사이에 피어있는 꽃들은 공원에 피어 있는 꽃과 달라 보였다. 꽃들을 오랫동안 들여다보고 수첩에 그려놓았다. 산에서 내려가면 이 꽃들의 이름 꼭 알아볼 것이다.

숲에 좀 더 깊숙이 들어갔다. 풀 속을 걸으니 종아리에 풀이 감기면서 촥촥 소리가 났다. 길을 잃을까 걱정이 되어서 걸어갈 때 나뭇가지를 꺾어 표시를 남겼다. 그런데 가까운 곳에서 물소리가 들렸다. 높게 자란 억새풀을 치우니 계곡이 보였다. 신이 나 계곡 앞 큰 돌에 앉았다. 물이 맑아 계곡 바닥에 있는 자갈이 선명히 보였다. 이제 조마조마하게 마음을 졸이며 씻어야 하는 약수터에 가지 않아도 되었다. 계곡의 위치를 확인하고 시원한 물을 실컷 마셨다. 그야말로 꿀맛이었다. 나무동굴로 가서 페트병을 가져와 물을 담았다. 이리저리 돌아다니느라 땀이 났다. 이럴 때 꼭 해보고 싶었던 게 있다. 난 페트병에 있는 물을 하늘 위로 뿌렸다. 물이 다시 떨어져 몸을 적셨다. 그런데 물이 떨어질 때 뭉쳐져서 골고루 젖지 못했다. 다시 한 번 물을 담아 이번엔 빙글빙글 돌며 뿌렸다. 내가 원하는 대로 물이 흩어져서 부슬비처럼 가볍게 몸을 적셨다. 몇 번이고 팔짝팔짝 뛰며 물을 뿌리니 몸이 흠뻑 젖었다. 내가 산에 있다는 것이 다행이었다.

다시 돌아와선 젖은 옷을 갈아입었다. 빨지 않고 말리기 위해 나뭇가지에 널었다. 10시였다. 점심 먹기까지는 시간이 남았다. 심심해서 동굴 바닥에 누워 뒹굴거렸다. 밖에 나갈까 생각해 보았다. 돈은 충분히 있고 산 밑으로 내려가면 마트가 있을 것이다. 난 등산하는 사람처럼 보이기 위해 배낭을 메고 지갑을 챙겼다. 천천히 걸어 숲을 나왔다. 아직 사람은 없었다. 밖으로 나와 마을로 내려갔다. 한 시간은 걸었을까. 올라갈 때 얼마나 오래 걸릴지 괜히 내려왔나 싶었다. 그래도 고구마가 떨어져서 음식을 사야 했다. 숨을 헐떡거리며 마트를 찾았다. 다행히 머지않은 곳에 '용서슈퍼'가 보였다. 작고 오래된 구멍가게였는데 어제 사람들이 북적거리던 것이 떠올랐다. 나는 슬그머니 가게에 들어갔다. 가게는 어두웠고 컵라면, 과자, 음료수 등이 진열되어 있었다. 난 고야를 생각해서 고구마 과자가 있는지 찾아보았다. 어두워서 잘 찾을 수 없었는데 과자 하나가 눈에 띄었다. '부드러운 고구마 스낵' 도톰한 크래커가 봉지에 그려져 있었다. '고구마 함량 80%'를 보고 고야가 먹을 수 있을 것이라고 생각했다. 가격도 천 원이면 싼 편이었다. 난 과자 세 봉지를 계산하려고 가게주인을 불러 보았다.

"저기요? 계세요?"

하지만 아무 답도 돌아오지 않았다. 난 가게를 둘러보기도 하고 바깥에도 한 번 보았다. 하지만 아무도 나타나지 않았다. 시무룩해서 과자를 그냥 두고 나가려 했다. 그런데 입구에서 종이가 붙어있는 것을 보았다.

「'아름다운 가게'
원하시는 물건은 부담 없이 가져가세요.
유통기한, 품질 걱정 하지 마세요.
돈은 들어가자마자 입구의 왼쪽에 있는 걸이형 화분에 넣어주세요.
김영철 白」

김영철이란 사람이 가게의 주인인 모양이었다. 난 정말로 이런 가게가 있다는 것이 신기했다. 그런데 이런 방

식으로 계산을 하면 돈을 안 내는 사람이 생길 수도 있었다. 화분 안을 보니 돈이 들어 있었다. 쪽지도 몇 개 있었다.

'여기 과자 정말정말 맛있어요!', '주인 되시는 분을 한 번 뵙고 싶네요.'

나는 돈을 넣고 밖에 나왔다. 가게 이름처럼 아름다운 사람들이 다녀갔을 것이다. 흐뭇한 마음으로 산을 올라갔다. 그 훈훈함도 잠시, 다시 산을 올라가는 것은 정말 힘들었다. 한 시간이 훌쩍 넘어 동굴에 도착했다. 동굴에 도착하자마자 쓰러져서 숨을 골랐다. 계곡에 가 물을 벌컥벌컥 마시고 몸을 씻었다. 계곡 가운데쯤에 가면 물이 다리까지 올라와 목욕은 충분히 할 수 있었다. 씻고 나니 개운했다. 계곡물을 더럽히지 않게 하기 위해 비누는 쓰지 않았다. 머리도 물로만 감았다.

1시가 되어 남은 고구마를 먹고 있었다. 고야를 부르려고 동굴 주변에 고구마를 떼어 놓았다. 이제 고구마는 반 개도 남지 않았다. 고구마를 다 먹기 전에 고야가 왔다. 고야는 냄새를 맡고 동굴 입구에서 알짱거렸다. 나는 고야를 쓰다듬으며 동굴 안으로 들어오게 했다.

"어서 와, 고야! 같이 고구마 먹자."

고야를 나뭇가지 침대에 올려놓고 고구마 껍질을 깠다. 그리고 조심조심 떼어내 고야에게 주었다. 고야는 배를 긇았는지 고구마를 잘 갉아 먹었다. 머리를 쉬지 않고 위아래로 흔드는 걸 보니 안쓰럽기도 했다. 고야는 내가 준 고구마를 모두 먹고 힘이 생기는지 침대에서 내려와 발등을 툭툭 건드렸다. 꼬리를 흔들며 이리저리 돌아다 니더니 내 손 위로 올라와 똥을 싸는 것이었다.

"으악! 뭐 하는 거야, 고야!"

고야의 볼을 손가락으로 가볍게 톡 쳤다. 고야의 배설 물을 밖에다 버리고 걱정을 했다.

"고야, 배탈 났니? 내가 너무 많이 준 거야?"

나무 침대로 올라간 고야는 웅크리고 있었다. 나는 미 안해서 등을 가만히 쓰다듬어 주었다. 고야가 꼬리를 괜 찮다는 듯 흔들자 안심이 되었다.

고야를 어깨에 태우고 나뭇가지를 꺾으며 위쪽으로 천천히 걸었다. 내가 아무 걱정도 얽매인 것도 없이 자유 롭다는 것을 느끼고 싶었다. 사실 사냥을 해 볼까 생각 했었다. 하지만 생명을 죽일 자신이 없었다. 작년 여름 소 나기가 오던 날 밖으로 나온 지렁이를 모르고 밟았다. 그 지렁이는 제대로 밟힌 모양이었다. 반으로 잘려 있었다. 나는 "어떡해! 어떡해!"를 반복하며 지렁이에게 미안해 했다. 나는 지렁이를 운동장의 습기가 가장 많은 곳에 묻 어주었다. 지렁이는 잘려도 산다는 건 알고 있었지만 혹 시 죽었을까 걱정 되었다.

조금 걷다보니 조그만 나무가 보였다. 가지가 세 방향으로 갈라져 자라는 나무였다. 갈라진 가운데에 또 다른 가지가 있어서 기대어 앉으면 좋을 것이었다. 키가 내 두 배도 안 돼 충분히 올라갈 수 있을 것 같았다.

　"어?"

　나는 금방 올라갈 거라고 생각했지만 쉽지 않았다. 이제 자라는 나무라 표면이 매끄러웠고 중심을 잡기 어려웠다. 고야는 나를 놀리는 듯이 쪼르르 나무 위에 올라갔다. 나도 고야처럼 나뭇가지가 갈라진 부분을 두 손으로 잡고 발을 빨리 놀려 보았다. 몇 번 미끄러지고 드디어 가지 사이에 앉을 수 있었다. 고야는 왼쪽 가지에 올라갔다. 난 편하게 등을 기대고 앉았다. 등을 기댄 가지가 울퉁불퉁해서 아팠다. 세 가지를 모두 연결할 수 있는 판자가 있으면 간이 원두막이 될 것 같았다. 고야가 내 어깨에 올라와 꼬리로 귀를 간질였다. 나무 위에서 본 풍경은 색달랐다. 땅은 온통 초록색이었고 나무 사이로 들어오는 빛은 하늘에서 땅을 향해 놓은 길 같았다. 그 곳에 들어가면 다른 세계로 갈 것만 같았다. 판타지를 좋아하는 나는 빛이 들어오는 곳에 서고 싶은 충동을 느꼈다. 하지만 몇 번 시도해 봤어도 차원의 문을 넘는 일은 없었다. 여기가 산이라서 왠지 더 그럴듯한 느낌이 들 뿐이었다. 내가 만약 차원의 문을 넘어서면 어떻게 될까. 다른 행성으로 갈까? 아니면 모습만 똑같은 곳이 거꾸로 갈까? 갑자기 기분이 묘해졌다. 고야가 귀를 건드렸다. 정신이 들어 고야를 쓰다듬었다. 나무에서 내려와 동굴로 돌아왔다. 자주 그 나무에 갈 생각을 하니 나무는 '생각의 나무'가 된 것 같다. 내일은 '생각의 나무'에서 책을 읽을 것이다.

산에서의 시간은 빨리 갔다. 산 속은 일조시간이 가조시간보다 훨씬 짧기 때문에 해가 빨리 지는 것처럼 느껴진다고 한다. 해가 뉘엿뉘엿 지자 책을 읽었다. 캘리포니아는 날씨가 좋기로 유명하다던데 오산도 캘리포니아 못지않게 날씨가 좋은 것 같다. 책에서 눈을 뗐을 때 고야가 없는 것을 알았다. 내일은 산 밑으로 내려가 볼까 무엇을 할까 생각했다. 수건을 베고 담요를 덮었다. 이렇게 좋은 날씨에 학원에서 숨 돌릴 틈 없이 일하는 엄마가 생각났다. 오빠들도 아빠도 생각났다. 소풍가기 딱 좋은 날인데. 가족끼리 여행을 가면 좋은 날인데. 집이 그리워지려고 한다. 고개를 털어 얼른 그런 생각을 지워버렸다. 시계를 보니 6시였다. 자기엔 이른 시간이었지만 눈을 감았다. 아늑한데다 바람이 솔솔 불어 소르르 잠이 들었다. 꿈을 꾸었다. 꿈에서 나는 엄마와 손을 잡고 산으로 놀러 가고 있었다.

눈을 떴다. 밖이 깜깜했다. 손전등을 켜 시간을 보았

다. 새벽 2시였다. 일찍 자서 새벽에 일어난 것이었다. 다시 자려고 누웠지만 잠이 오지 않았다. 책이라도 읽으려고 손전등을 빨랫줄용 나뭇가지에 걸었다. 동굴 안이 환해졌다. 정해진 양만큼 읽기로 했는데 자주 읽다보니 벌써 반절 가까이 읽었다. 그래도 잠을 자기 위해선 책을 읽을 수밖에 없었다. 어느새 나는 책에 푹 빠져 판타지 세계에 들어와 있었다. 순식간에 책장이 넘어갔다. 여전히 새벽 3시였다. 잠은 끊긴 지 오래고 잠을 오게 하는 방법은 이제 없었다. 산책이라도 하려고 겉옷을 입었다. 동굴 밖은 칠흑처럼 깜깜했다. 풀만 언뜻언뜻 보였다. 손전등을 켜고 계곡에 갔다. 풀이 스치는 소리 바람이 부는 소리가 섬뜩했다. 계곡물은 여전히 흐르고 있었지만 낮과는 달랐다. 흐르는 소리가 흔들린다고 해야 할까. 손전등을 비추고 있어도 물은 어둠을 감싸고 흘렀다. 뒤에도 어둠이라고 생각하니 소름이 돋았다. 뒤를 돌아보기 싫었지만 나무동굴로 가기 위해 뛰어갔다. 누가 쫓아오는 것 같았다. 엎어지듯이 동굴에 들어와 손전등을 매달았다. 담요를 뒤집어쓰고 눈을 꼭 감았다. 책 줄거리를 생각하기도 하고 고야와 함께 노는 상상도 했다. 어둠에 대한 두려움은 사라지고 그 자리를 잠이 채웠다.

비가 추적추적 온다. 덩굴 사이로 빗물이 들어와서 일어났다. 화창했던 날씨는 비구름이 메워버렸다. 고야도 비 때문에 오지 못하는 것 같다. 비가 오면 생각이 많아져서 좋지만 생각한 걸 할 수 없어서 싫기도 하다. 배낭에 우비가 있나 찾아보았다. 챙기지 않았으니 있을 리가 없었다. 오늘은 동굴에서 고구마 과자만 먹어야 할지도 모른다. 생각에 잠겨 비오는 모습을 보고 있었다. 그런데 주변 수풀이 들썩거렸다. 자세히 살펴보니 고야였다. 나는 얼른 고야를 동굴로 옮겼다. 고야는 비에 흠뻑 젖어 떨고 있었다.

"그냥 오지 말고 있지 그랬어. 추울 텐데……."

고야를 수건으로 감싸고 담요를 살짝 덮어주었다. 고구마 과자를 꺼내 조각을 내어 고야에게 주었다. 고야는 과자를 쥐기만 하고 먹지는 않았다. 앞발로 한참 과자를 만지작거리다가 조금씩 먹기 시작했다. 집게손가락으로 살며시 고야의 목을 만졌다. 괜히 내가 먹이를 줘서 끌어들였나하는 생각이 들었다. 자연은 자연 그대로 있어야 아름답다는 말이 생각났다. 곧 비가 그쳤다. 배가 고파서 바로 페트병을 들고 계곡으로 갔다. 고야가 기어코 따라간다고 발목을 건드려서 고야를 어깨에 올렸다. 대신 손수건을 망토처럼 고야 몸에 둘렀다. 물을 뜨고 고야가 피우는 재롱에 웃으면서 돌아가는데 어디선가 '칙치치치'하는 소리가 났다. 주위를 둘러보니 검붉은 뱀이 까만 혀를 날름거리며 내게 다가오고 있었다. 깜짝 놀라 온 몸이 굳었다. 뱀을 만났을 때 해야 하는 일이 무엇인지 생각을 했다. 하지만 머릿속은 이미 새하얘지고 몸은 얼음처럼 얼어붙었다. 뱀이 점점 더 가까이 오자 난 안절부절못했다. 그제야 나는 내가 물통을 들고 있다는 것을 기억해냈다. 손을 떨며 젖 먹던 힘을 짜내 물통을 뱀 쪽으로 던졌다. 물통은 뱀의 몸통에 정통으로 맞았다. 하지만 뱀은 잠깐 '쉬익' 하고 움찔할 뿐 더 다가왔다. 그 때, 고야가 중심을 잃고 떨어졌다. 나는 아무것도 모르고 땅에 돌이 있는지 찾았다. 난 흙이라도 뿌려 뱀을 쫓으려 했다. 뱀은 이리저리 피했다. 그리고 아주 눈 깜짝할 사이였다. 뱀이 고야를 물었다. 난 고야가 물린 것을 보고 식겁해 던진 물통을 주워 뱀을 내리 찍었다. 뱀은 놀랐는지 잽싸게 도망갔다. 손이 부들부들 떨렸다. 온 몸에 힘이 빠졌지만 위태롭게 고야를 동굴에 옮겼다. 고야는 숨을 헐떡거리며 고통스러워했다. 어찌할 바를 몰라 일단 피가 나는 곳을 손수건으로 묶었다. 하지만 피를 막기에는 역부족이었다. 내가 가지고 있는 것으로는 독이 퍼지는 걸 막을 수 없었다. 지금까지 배운 모든 것을 생각하려고 머리에 집중했다. 제비꽃이 해독에 좋다는 것이 떠올랐다. 나는 무작정 동굴을 뛰쳐나가 제비꽃을 찾아보았다. 풀줄기에 넘어지고 가시 덩굴과 나뭇가지에 찔려 피가 나도 제비꽃을 찾아 헤맸다. 하지만 봄에만 피는 제비꽃이 있을 리 없었다. 지금은 한여름이다. 고야가 걱정돼 절뚝거리며 동굴로 뛰어갔다. 다행히 고야는 살아 있었다. 죽어가는 친구에게 아무것도 할 수 없는 내가 한심하고 화가 났다.

"으악! 고야, 고야. 미안해서 어쩌지? 뱀이 온다고 나만 생각 했어. 너를 먼저 보냈어야 했는데……. 미안해, 미안해……."

고야는 나의 쓸모없는 넋두리를 모두 들어주었다. 고야는 몸을 움찔하더니 서서히 눈을 감았다.

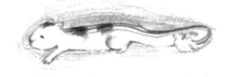

얼마나 울었을까. 계곡에 얼굴을 비춰보니 눈이 개구리처럼 퉁퉁 부어있었다. 고야는 내 나무동굴 옆에 묻었다. 팔과 다리에 힘이 없다. 목구멍이 아파 먹지도 못해 내내 누워있어야 했다. 이제 여기서 살아도 즐겁지가 않을 것이다. 나는 더 이상 추억을 만들 수 없었다.

짐을 모두 챙겼다. 고야의 무덤에 고구마 과자를 함께 묻었다. 고야가 하늘에서도 고구마를 먹으면서 행복하면 좋겠다. 나무동굴 안에 '고야와 함께 한 동굴'이란 문구를 붙여두었다. 나는 정들고 추억이 서린 오산과 이별을 했다. 터벅터벅 산을 내려왔다. 가슴이 땅으로 꺼져 발이 가슴을 끌고 오느라 힘들었다. 광주로 가는 버스에 타기 전 오산이 있는 곳을 돌아보았다. 이왕 집에 돌아가는 거 산 속에 있던 추억을 즐겁게 간직하자. 고야는 그 추억 속의 주인공으로 남겨두자. 애써 웃으며 버스에 올라탔다. 그런데 문제가 생겼다. 집에 들어갔을 때 뭐라고 해야 하나? 엄마 아빠 오빠들은 어떻게 지낼까? 난 처음으로 내가 떠나온 집을 생각하기 시작했다.

## - 그 후 이야기 -

난 실종 아동으로 경찰서에서 찾고 있었다. 집에 들어가자마자 제복을 입은 경찰이 나를 맞았다. 엄마 아빠는 며칠 사이 수척해져있었다. 엄마는 나를 보고 "아!" 하고 소리치더니 쓰러졌다. 정신을 차리자 나를 꼭 안았다. 나도 엄마를 꼭 안았다. 아빠도 나를 안으며 아무 말도 하지 않았다. 엄마 아빠가 진정이 되자 계속 물어보았다. 어디에 갔었는지 왜 나갔는지 예상한 질문이었다. 난 물어보지 않은 것도 낱낱이 이야기했다. 고야, 아름다운 가게, 계곡, 산에서 있었던 일을. 그리고 정말 하고 싶은 이야기를 했다.

난 산에서 지내며 자유로움에 설렜다. 그 자유는 나무뿌리에서부터 수십 미터가 넘는 나뭇가지까지 생명을 불어넣고 있었다. 나무동굴에 안겨 느꼈던 자유로운 생명의 소중함을 다시 잃고 싶지 않다. 또 다시 숙제에 얽매이고 내가 원하지 않는 어떤 것에 묶여 죽은 나무처럼 살고 싶지 않다. 엄마 아빠는 참을성 있게 내 말을 들어주었다. 그리고 나는 어렵게 말했다.

"엄마, 저, 그러니까, 이제부터 혼자 공부하고 싶어요."

지금 난 학원에 다니지 않고 혼자서 공부한다. 오빠들도 주말반 학원을 끊었다. 우리 가족은 주말이면 오산의 나무동굴을 찾아 캠핑을 한다.

소설 둘

# 바이달린

# 1.
## 이별의 연속

까만 사람들이 내 앞을 가린다. 아빠는 천천히 걸으며 눈물을 흘린다. 웃음을 머금은 엄마의 사진을 품에 안고 있다. 뒤에 별이 오빠가 쉴 새 없이 눈물을 떨어뜨린다. 난 무서워서 아빠의 손을 꽉 잡았다. 하지만 아빠의 손은 힘이 하나 없이 차가웠다. 난 가슴 한 구석이 텅 비어서 무슨 감정인지 모른 채 눈물을 흘렸다. 가슴이 아리고 무섭다.

학교가 끝나고 오빠를 기다렸다. 이른 봄이라 아직 바람은 차갑다. 주머니에 손을 넣고 등나무 줄기가 감긴 벤치에 앉아 운동장을 바라보았다. 아니, 운동장보다는 앞마당 정도가 맞겠다. 그 앞마당은 내 걸음으로 스무 발짝 정도 걸으면 끝이 난다. 그나마 마당 귀퉁이엔 커다란 동물 사육장이 있어서 마음껏 놀 수도 없다. 난 벌떡 일어나 장 앞으로 갔다. 고동색 점이 드문드문 난 토끼 한 마리가 철장 사이로 코를 들이댔다. 코를 킁킁거리는 게 귀여워 배춧잎 하나를 꺼내 토끼 입에 대주었다. 점박이 토끼는 내 주먹보다 작은 발로 배춧잎을 야물게 잡고 잎을 아작아작 먹었다. 그 모습을 신기하게 바라보고 있는데 누군가 날 밀었다. 깜짝 놀라 뒤를 돌아보니 오빠가 크게 웃고 있었다. 난 웃으며 일어났다.

"토끼 보는 것도 지겹지 않냐? 운동장에서 흙 갖고 노는 게 더 낫겠다."

난 아무 말도 하지 않았다. 가만히 앉아 구경하는 게 좋다고 말하면 이상한 아이로 볼 게 당연하기 때문이다. 오빠는 나를 힐끗 쳐다보더니 교문 밖으로 설렁설렁 앞서 걸었다. 나는 토끼를 좀 더 지켜보다가 따라 나갔다. 오빠는 곧 겅중거리며 옆집 하회탈 닮은 할아버지네 논 앞으로 갔다. 그 길에는 아스팔트가 벗겨 있어 흙이 보인다. 오빠는 유독 강아지풀이 많은 곳에 앉아 풀 사이를 뒤졌다. 난 강아지풀 하나를 뜯어 오빠의 목을 간질였다.

"으얏! 뭐여? 깜짝 놀랐네."

오빠를 의심스런 눈초리로 쳐다보자 오빠는 흠흠 헛기침을 하고 다시 풀을 뒤졌다. 난 앉아서 오빠가 하는 일을 지켜보았다.

"이, 여, 여기 있다! 드디어 찾아냈다. 이것 봐라."

오빠는 반짝거리는 동그란 구슬에 묻은 흙과 풀씨를 털어냈다. 속에 나뭇잎이 들어있는 예쁜 연두색 구슬이다.

"우와! 정말 예쁘다. 나 가지면 안 돼?"

난 구슬과 오빠 얼굴을 번갈아보며 말했다. 오빠는 활짝 웃으며 말했다.

"너 선물이야! 가져. 오늘 너 생일이잖냐."

난 오빠를 꼭 안았다. 그리고 구슬을 만지작거렸다. 오빠는 흐뭇한 표정으로 일어났다. 나도 일어나 오빠 손을 꼭 잡았다.

"그런데 있잖아, 그 구슬 내 용돈 절반이나 써서 산 것이거든. 그래서 아빠한테 들킬까봐 여기에 숨겨 논 거야. 그러니까 말인데, 일주일에 절반은 네가 갖고 놀고, 나머지는 내가 갖고 놀면 안 될까? 일요일은 같이 갖고 놀고 말이야. 그 땐 구슬치기 하자. 아빠 꺼 바둑알이랑 같이 하면 될 거야."

오빠는 눈을 깜빡였다. 정말로 구슬을 원한다는 뜻이다. 난 피식 웃으며 말했다.

"좋아!"

오빠는 만족한 듯이 팔짝 뛰어 저만치 갔다. 구슬을

눈에 가까이 대어 보았다. 온 세상이 반짝반짝한 연두색
이 됐다. 오빠는 그 예쁜 세상에서 팔짝팔짝 뛰었다. 나
도 팔짝팔짝 뛰었다. 그런데 오빠는 집으로 가지 않고 산
으로 난 샛길로 갔다. 또 찔레를 꺾으려나 보다. 오빠 때
문에 우리 동네 찔레가 다 사라지는 건 아닌지 모르겠다.
햇빛에 비추면 색색이 변하는 구슬을 보면서 오빠를 따
라가는데 벌써 오빠는 찔레를 한가득 꺾어들고 샛길에
서 내려오고 있었다.

아빠는 나무 공예를 한다. 우리 집엔 황토색 새, 닭,
호랑이 등이 거실에 서 있다. 호랑이 눈을 바라볼 때마
다 소름이 돋을 정도로 아빠 솜씨는 대단하다. 마을 회
관 문 옆에 붙어 있는 현판도 아빠가 깎은 것이다. 아빠
의 작품을 볼 때마다 내가 더 자랑스러웠다. 목이 말라
냉장고를 열려는데 노란 쪽지가 붙어 있다.

'오늘 아빠가 늦을 것 같다. 냉장고에 닭 볶은 거 있으
니까 저녁 때 데펴 먹어.'

아빠의 따뜻한 손길이 느껴졌다. 난 찔레를 씹으며 텔
레비전을 보고 있는 오빠에게 쪽지를 건넸다. 오빠는 쪽
지를 보고 찔레를 내 손에 올렸다.

"냉장고에 놔. 아빠 오시믄 드리자."

오빠는 짧게 말하고 다시 텔레비전을 보는 데 열중했
다. 안방에 가 책상에 앉아 일기장을 펼쳤다. 자기 전에

쓰려면 아빠와 못 놀 것 같아 미리 쓰려는 것이다. 하지만 이제 3시 정도라 쓸 것이 없었다. 대충 학교 미술시간에 있었던 일을 쓰고 오빠 옆에 앉았다. 익살스러운 표정을 지으며 말장난을 하는 남자가 텔레비전 화면에 대고 손가락질을 하고 있었다. 오빠는 그런 걸 보고 웃는다. 시끄러운 소리를 피해 마당으로 나왔다. 진돌이가 꾸벅꾸벅 존다. 배도 부르고 날씨도 따뜻하니 그럴 만하다. 살짝살짝 다가가 꼬리를 밟으니 진돌이는 깨갱거리며 벌떡 일어났다. 그 모습이 웃겨 배를 잡고 한참 웃었다. 진돌이는 내가 미운지 고개를 돌렸다. 오빠가 미닫이문을 열었다.

"뭐가 그리 웃기냐? 또 진돌이 괴롭혔지!"

"아녀! 진돌이가 졸아서 그냥 깨웠는데."

오빠는 고무신 뒤를 접어신고 나와 진돌이를 쓰다듬었다. 진돌이는 만족한 표정을 짓고 꼬리를 살랑살랑 흔들었다.

"오빠, 나 진돌이 탈 거야. 오빠가 진돌이 핸들인가 해 줘."

난 오빠와 네 살 차이가 난다. 오빠는 열다섯 살이라 중학교에 가야 하지만 출생신고를 2년 늦게 해 아직 초등학교 육학년이다. 몸집이 작은 난 진돌이를 탈 수 있다. 핸들은 오빠 몫이다. 오빠가 진돌이가 힘들지 않을 만큼 진돌이를 이끌기 때문이다.

"여어, 가자, 진돌아!"

오빠가 큰 소리로 말했다. 진돌이는 피곤한지 눈을 반쯤 감고 일어났다. 난 잠이 깨라고 진돌이 엉덩이를 찰싹 때렸다. 잠이 확 달아난 진돌이는 오빠 손길을 놓치지 않고 잘 갔다. 벌써 여러 번 진돌이를 탔지만 탈 때마다 재밌다. 요즘엔 내 몸집이 많이 커져서 진돌이가 힘들어 한다. 그래도 나만 탈 수 있어서 오빠에게 미안하다.

아빠가 돌아왔다. 술이 잔뜩 취한 채 왔다. 하지만 왼쪽 손엔 무언가를 꼭 쥐고 오셨다.

"아빠, 그거 뭐예요?"

오빠가 눈망울을 초롱거리며 말했다.

"닭 볶은 거 먹었지? 오늘 아빠가 좋은 거 만들었다. 자, 봐라."

아빠가 '좋' 자에 힘을 주며 말했다. 아빠의 손에는 작은 해태가 있었다. 색도 곱게 칠한 나무 해태다. 용맹한 눈빛이 기세등등했다. 시원시원한 해태의 무늬는 아빠의 땀방울을 느끼게 했다. 오빠와 나는 놀라워서 저절로 입이 떡 벌어졌다.

"이거 정말 아빠가 만든 거여요? 우와, 정말 멋있다. 엄청 세밀하네!"

아빠는 딸꾹거리며 껄껄껄 웃었다.

"오늘 우리 달이 생일이기도 하구, 우리 잘 살자구 만들었지. 딸꾹, 자, 이제 테레비 위에 올려놓자."

해태가 텔레비전 위에 오르자 기운이 맑아지는 듯했다. 난 아빠 옆에 누워 말했다.

"아빠! 엄마 미국서 언제 와?"

아빠는 머뭇거렸다. 난 궁금해서 물었을 뿐이다. 아빠는 내가 엄마가 어디 있냐고 물을 때마다 미국에서 열심히 일한다고만 하셨기 때문에 나는 엄마가 어디서 일하실지 자주 생각한다. 그런데 오늘따라 아빠의 대답은 늦다.

"그러게…… 좀 늦으실 걸. 많이."

아빠는 돌아누웠다. 어두운 아빠의 얼굴이 낯설어 눈을 감았다.

해태가 우리 집에 온 뒤로 좋은 일이 많이 생겼다. 아빠의 작품이 높은 가격에 팔리고 오빠는 시험을 보고 좋은 점수를 받았다. 난 이렇게 계속 우리 가족이 행복할 줄 알았다.

여름이 왔다. 날씨가 더워질수록 강은 지줄지줄 아이들을 유혹했다. 학교가 끝나자마자 아이들은 우르르 강으로 갔다. 오빠와 나는 집에 들러 반두를 가져왔다. 큰 구멍이 있어 고기가 쉽게 잡히지 않아도 여름엔 큰 몫을 하는 보물단지다. 반두를 번갈아 들며 어기적어기적 강으로 갔다. 아이들은 물을 튀기며 열심히 놀고 있었다. 나도 빨리 들어가고 싶어 신발을 벗었다. 조심조심 물에 발을 담갔다. 시원한 물이 잔뜩 열이 난 발을 식혀주었다. 오빠가 먼저 반두를 들고 고기를 기다렸다.

"야, 봉구야! 고기 다 도망가잖아!"

태영이 오빠가 성질을 냈다. 물장구치던 봉구는 주눅이 들어 가만히 섰다. 태영이 오빠는 우리 학교에서 가장 공부를 잘 하는 오빠다. 아는 것이 많아 뭘 물어보면 바로 대답해준다. 하지만 그 만큼 참견도 많이 한다. 난 반두 쪽으로 팔을 벌려 고기를 몰았다. 여섯 살 때부터 오빠를 따라다니며 고기를 몰았으니 이 정도는 식은 죽 먹기다. 고기는 큰 돌 쪽에 몰려 있다는 말이 생각나 오빠한테 말했다.

"오빠! 고기는 돌에 몰린대! 돌다리로 가자."

오빠는 천천히 돌다리 쪽으로 갔다. 돌다리에는 정말로 고기가 많았다. 그물을 올릴 때마다 고기가 몇 마리씩 올라왔다. 잡을 때마다 아이들은 환호성을 질렀다. 기분이 좋아진 오빠는 점점 여울 쪽으로 갔다. 여울은 물이 빨리 흘러 발을 잘못 디디면 큰일 난다. 작년에 고기를 몰던 왕눈이 아제가 발을 헛디며 병원에 실려 간 적이 있다.

"오, 오빠, 거긴 위험해!"

오빠는 깜짝 놀라 고개를 들었다. 고개를 들면서 반두도 같이 들었는데 물에 들어 있다가 나온 반두 때문에 오빠가 중심을 잃고 휘청거렸다. 오빠는 몇 발짝 뒷걸음질 치다가 소로 빠졌다. 소는 작았지만 블랙홀처럼 순식간에 오빠를 빨아들였다. 오빠가 빠져 나오려고 허우적댈수록 소는 더 강한 힘으로 놓아주지 않았다.

"아! 악! 살려주세요! 아빠!"

오빠는 물에 잠겼다 나왔다하며 소리를 질렀다. 나는 돌다리 사이에 엎드려 오빠의 손을 잡으려고 했다. 하지만 오빠는 이미 멀리 휩쓸려갔다. 태영이 오빠와 몇몇 어른들이 달려왔다. 나도 들어가 오빠를 구하고 싶었지만 아이들이 내 손을 잡고 놓아주지 않았다.

"이거 놔! 나 구하러 갈 거야. 놓으라고!"

"너까지 빠져죽고 잡냐? 여기 있어! 어른들이 구할팅게."

난 몸부림쳤다. 깊지 않은 물인데 오빠가 솟아올랐다가 사라졌다를 반복했다. 여기저기서 달려온 어른들은 물에는 들어가지 않고 "빨리! 빨리!"만 외쳤다. 유진이네 아버지가 튜브를 던졌지만 오빠에게 닿지 못했다. 결국 오빠는 지쳐 그대로 사라졌다. 난 발버둥을 치며 오빠를 불렀다. 내가 돌다리로 가자고만 안 했어도 오빠는 소에 휩쓸리지 않았을 텐데. 곧 구급차가 왔다. 하지만 오빠는 이미 흔적도 없이 사라졌다. 사람들이 너무 늦게 온 것이다. 나는 다리가 풀려 쓰러졌다. 누군가 내 뺨을 두드리며 나를 부르는 목소리가 들렸다. 가슴이 쓰리며 목이 막혔다. 곧 정신을 잃었다.

며칠 후, 오빠의 시신이 발견됐다. 온 몸이 새파랗게 질려 얼굴은 무섭다고 소리를 지르고 있는 것만 같았다. 차가워진 오빠를 보고 또다시 기절했다. 다시 깨었을 때 딱딱한 오빠 몸에 엎드려 울기만 했다. 아빠는 초점을 잃어버렸다. 오빠가 정말로 죽었다는 게 실감이 났다.

"우리 별이는 여행을 하고 싶어 했지."

아빠는 오빠를 화장하기로 했다. 나는 오빠가 불에 타는 모습을 볼 수 없었다. 그리고 바람이 가장 많이 부는 날, 오빠가 여행을 갈 수 있도록 멀리 멀리 보내주었다.

　해태는 우리가 슬픈 것에 미안한지 웃지도 않고 울지
도 않았다. 아빠는 일을 나가지 않은 지 오래다. 그 동안
아빠가 번 돈이 모두 술이 된 것 같았다. 답답하고 슬퍼
서 무엇인가 말하고 싶었다. 내가 저지른 일이니 내가 모
두 해결하고 싶었다.

　"아빠, 사실은 제가 오빠를 죽게 했어요. 여울로 가게
하면 안 됐는데 괜히 그래가지고……."

　더 말해야 속이 풀릴 것 같은데 목이 메어 말이 나오
지 않았다. 아빠는 가만히 고개를 들고 말했다.

　"달이야, 니 잘못이 아니야. 하늘께서 돌봐 주실 테
니. 그렇게 슬퍼하지 말아라…… 흑흐흑……."

　슬퍼하지 말라면서 아빠는 더 운다. 아빠의 말이 날
더 슬프게 했다. 난 오빠와 아빠한테 미안한 마음밖에
없었다. 아빠를 부둥켜안고 펑펑 울어야 그나마 속이 시
원할 것 같다. 난 아빠의 여윈 허리를 감싸 안고 밤새도
록 울었다.

# 2.
## 고아 아닌 고아

아빠는 오빠가 죽고 난 뒤로 일을 전혀 못 했다. 밥 대신 술을 먹는다고 해도 될 만큼 술을 많이 마셨고 오빠의 죽음에 대한 충격 때문에 밤새 끙끙댔다. 하루는 일터에서 피를 토하며 쓰러져 병원에 실려 갔다. 나는 학교가 끝나자마자 헐레벌떡 병원으로 뛰어갔다. 병원은 마을에서 한참 떨어진 곳에 있었다. 가슴이 벌렁거리는 것을 누르며 아빠의 병실을 찾았다.

"네가 이 분 보호자니?"

수염이 까칠한 의사가 물었다. 난 대충 고개를 끄덕이고 아빠의 얼굴을 바라보았다.

"아빠가 많이 아프셔. 수술을 받아야 할 텐데, 아빠가 반대하시구나."

가슴이 덜컥 내려앉았다. 아빠가 얼마나 아프시면 수술까지 해야 할까. 그런데 왜 반대하지, 돈이 없어서 그런가.

"아빠, 수술을 받아야죠. 왜 반대하세요?"

"수술을 해도 소용없어. 내 병은 내가 안다. 나는 괜찮다, 달아."

의사가 진지한 표정으로 말했다.

"따님도 이렇게 어린데 수술을 하셔야죠. 사시려고 노력을 하셔야 합니 다."

아빠는 신음을 삼키며 느릿느릿 말을 이었다.

"달아…… 아빠…… 곧 나아질 거니까…… 낼…… 퇴원할 거야."

의사는 계속 수술하자고 권했지만 아빠의 태도는 변하지 않았다. 의사는 한숨을 쉬며 돌아갔다. 아빠는 나한테 얼른 집에 가라고 했다. 어린 애가 병원에 오래 있는 게 좋지 않다고 억지로 떠다밀듯 쫓아냈다. 돌아오는 발걸음이 천근만근이었다. 아무도 없는 집은 외로웠다. 오빠가 보고 싶다. 이불을 대충 깔고 그대로 쓰러져 눈을 감았다. 눈을 뜨면 오빠가 진돌이를 태워주겠다고 내 손을 끌고, 부엌에서는 아빠가 닭볶음을 지글지글 끓이고 있을 것만 같다. 눈을 뜨니 거미줄 걸린 어두운 천장이 눈에 들어왔다. 부엌에서 음식을 안 한 지 얼마나 됐나. 너무도 고요했다. 뜨거운 눈물이 귓속으로 흘러들었다. 나는 고개를 옆으로 돌린 채 베개가 젖도록 그대로 두었다. 코가 막혀 입으로 숨을 쉬었다.

새벽에 눈이 떠졌다. 퉁퉁 부은 눈이 무거웠다. 아무도 없는 집은 눈을 떠도 할 일이 없었다. 그 때 전화벨이 울렸다.

"달이 일찍 깼구나. 아빠다. 아빠 며칠 입원했다가 퇴원할 거니까 냉장고에 파김치 꺼내서 밥 먹어라. 그리고 아빠 입원할 동안 이모가 돌봐주실 테니 오시거든 인사 잘 해라. 알았지?"

아빠의 목소리가 다급했다. '예' 하고 대답하고 그대로 누웠다. 아빠가 아프니 나도 아팠다. 배가 고픈 건지 아픈 건지 속이 메슥거리고 어지러웠다. 뭐라도 먹어야 했다. 전기밥솥에 누렇게 말라가는 밥을 푸고 파김치를 꺼냈다. 밥을 떠 입에 대는 순간 구역질이 났다. 화장실에 가 쓴물까지 토했다. 빈 속이라 더 쓰리고 창자가 끊어질 듯하다. 입을 헹구고 밥에 물을 말아 먹었다. 파김치의 매운 기운에 배가 고팠다. 다시 눈물이 났다.

'아빠, 빨리 나아서 돌아오세요. 달이 너무 힘들어요.'

벽에 기대 해태에게 아빠의 완쾌를 빌고 있는데 누군가 대문을 두드렸다. 진돌이가 컹컹 짖어댔다. 이모가 온 모양이다. 화장을 짙게 해 마녀처럼 보이는 이모이다. 오늘은 맨얼굴이다. 아빠는 왜 하필 이모에게 날 맡길 생각을 했을까. 마음먹으면 나도 혼자서 지낼 수 있다. 어차피 하루의 반은 학교에 있기 때문에 저녁밥만 잘 챙겨먹으면 된다. 무엇 때문인지 이모는 우리 가족을 싫어한다.

"아이고, 완전 고아 아닌 고아가 되브렀구만. 참말로 우리 새끼 키우는 것도 힘든디. 뭐, 내가 가장 살 만헌 사

람잉께. 달이야, 빨랑 옷 입어라이. 그리고 얼굴이 그게
뭐냐? 좀 씻어라이."

　이모의 말이 쉴 새 없이 독화살처럼 쏟아졌다. 고아
라는 소리는 내 자존심을 가차 없이 무너뜨렸다. 이모는
마녀가 아니라 악마일 것이다. 나도 이모의 가족인데 왜
이렇게 싫어하는지 모르겠다. 가뜩이나 힘도 없는 내게
이모는 늑장을 부린다고 화를 냈다. 다시 눈물이 나려고
했지만 이모의 날카롭게 올라간 눈이 보이자 마음을 굳
게 먹었다. 차에 올라타기 전에 집을 바라보았다. 집은
아빠의 가늘고 흰 허리처럼 외롭고 위태로워 보였다.

　"저, 이모, 진돌이 옆집에 맡기고 올게요."

　진돌이의 목줄을 풀고 나와 대문을 잠그는데 참았던
눈물이 주르르 흘렀다. 진돌이와 집과 영원히 이별할 것
만 같았다. 하늘색 대문의 우울한 배웅을 받으며 이모의
차가 출발했다. 차에 타고 있는 동안 아무 말도 하지 않
았다. 난 이모가 무서웠고 이모도 나를 귀찮아하는 것
같았다. 이모의 집은 우리 마을에서 차로 30분 정도 떨
어진 곳에 있다. 아파트 23층에 사는데 집이 높은 곳에
있어서 그런지 귀가 멍멍하다. 큼직큼직하고 세련된 가
구들이 화려했지만 그런 것들을 보고 놀라워할 기분이
아니었다.

　"달아, 너 아까 밥 묵었제? 좀 있다 학교 가야뒹께 씻

고 애들 깨워라. 아유, 너 델꼬 오느라고 잠도 못 자고 이게 뭐여."

이모는 날 가만히 두지 않았다. 이모의 아이들은 유치원생들이다. 쌔근쌔근 잘 자는 애들을 깨우려니 망설여졌지만 이모가 화를 낼까봐 얼른 깨웠다.

"누나, 여기 왜 왔어?"

일곱 살 난 첫째 현승이가 물었다. 어떻게 말해야 할지 모르겠어서 얼버무렸다.

"응? 아, 누나 잠깐만 너희랑 놀아주려구, 음, 그러려구 왔어."

현승이는 좋다는 듯이 히죽 웃고 하품을 했다. 그리고 느릿느릿 일어나 거실로 나갔다. 다섯 살 예님이는 내가 일으켜 줘야 했다. 거실로 나가자 맛있는 냄새가 났다. 아빠의 작품이 비싸게 팔렸을 때 딱 한 번 먹어본 소고기였다. 통통한 조기 두 마리도 식탁 위에 있었다. 난 갑자기 배가 고팠다. 배에서 꼬르륵 소리가 나자 이모가 나를 한심한 눈으로 봤다.

"새복에 밥 안 묵었냐. 뱃 속에 거지가 들어앉었는갑다."

이모가 반도 채워지지 않은 밥그릇을 던지듯 놓자 반찬그릇과 부딪치며 큰 소리를 냈다. 난 이모의 눈치를 보며 애들을 앉혔다. 서툰 젓가락질로 소고기를 집어 들자 이모가 "쯧쯧!" 혀를 찼다. 자존심 때문에 그 고기를 현승이나 예님이의 밥에 올려 주려고 했지만 나도 모르게 입 속으로 넣고 말았다. 방금 지은 흰밥에서는 김이 모락모락 피어올랐다. 그 밥에 소고기를 얹어서 씹지도 않고 삼켰다. 하나 더 집어먹고 싶어 젓가락을 소고기 쪽으로 옮겼다. 이모가 또 혀를 찼다. 이모 집에 살려면 뻔뻔해져야할 것 같다. 그렇지 않으면 난 주눅이 들 게 뻔했다. 그래도 염치는 있어야지. 난 생선을 발라 살은 한 쪽에 모아서 현승이와 예님이가 먹기 편하도록 해놓고 내장과 머리를 가져다 맛있게 먹었다. 아버지가 별이 오빠와 내게 그랬듯이.

이모가 현승이와 예님이를 유치원에 데려다주기 때문에, 이모 차를 타고 내가 학교에 도착했을 때는 이미 수업이 시작한 뒤였다.

"달이 지각했구나. 이모 집으로 갔다고 했지? 소식 다 들었다."

선생님은 내 얘기를 다 들었나보다. 이제 학교생활이 피곤해지겠지. 난 계속 불쌍한 사람 취급을 당할 거야. 나는 힘이 빠져서 자리에 풀썩 앉았다. 짝꿍이 잠 와 보인다고 매운 껌을 내 손에 쥐어 주었다. 정말 마음이 착한 애다. 고맙다고 했더니 쑥스러워했다. 수업이 끝나고 집으로 갔다. 이모 집이 아닌 내 집으로. 내 집은 슬펐다.

진돌이 냄새조차도 사라져 모든 게 비어 있었다. 가슴에서 먹먹함이 밀려 올라왔다. 그나마 텔레비전 위에 해태가 있어 날 위로해 주었다. 해태를 꼭 안고 쓰다듬으니 나무 냄새에서 아빠 숨결이 느껴졌다. 거실에 진열돼 있는 동물 조각상들을 한 번씩 쓰다듬고 집을 나섰다. 오빠가 자주 가던 언덕에서 찔레를 몇 개 끊어 버스 정류장 의자 위에 누웠다. 차가 오지 않아 고요해서 생각하기 좋았다. 찔레를 우적우적 씹으며 누워 있는데 번뜩 이모 생각이 났다. 예님이와 현승이를 데려오지 않았으니 이모한테 혼날 대로 혼날 것이다. 이모 집에 갈 것을 생각하니 무서운 교장 선생님이 있는 교무실에 가는 느낌이다. 힘을 내어 예님이와 현승이가 있는 유치원으로 가야한다.

예상대로 난 크게 혼났다. 저녁도 주지 않았다. 이모부가 밥을 덜어 주었지만 나도 이모한테 화가 났다. 왜 이모는 우리 가족을 싫어할까. 우린 무조건 눈총을 받으며 살아야 하는 건가. 보통 다른 이모들은 조카들에게 엄마보다도 더 잘해주는데 우리 이모는 유별나다. 아빠 병원에서 자고 싶은 마음이 굴뚝같았지만 밤이 늦었으니 오늘만 여기서 자야겠다. 어떻게 이 상황을 헤쳐 나갈지 생각하느라 늦게 잠들었다.

학교가 끝나고 총알같이 동생들을 데려갔다. 이모의 쓴 소리를 듣지 않아 한 숨 놓였다. 그래도 이모가 오늘

만큼은 화를 내야 한다. 그래야 어제 열심히 생각한 효과가 난다. 난 일부러 사과를 먹다가 사과접시를 떨어뜨렸다. 이모의 얼굴이 달라진다.

"너 이게 뭐하는 것이여! 정신을 어따 팔아먹고 사는 거냐! 빨랑 가서 안 치워? 무슨 배짱으로 가만히 앉아 있어, 이 년아!"

나는 이 때다 생각하고 큰 목소리로 말했다.

"이모! 내가 그렇게 미워요? 접시를 떨어뜨린 건 잘못했지만 이렇게 혼낼 일은 아니잖아요? 왜 이모는 언제나 아무 죄도 없는 아빠와 날 그렇게 싫어하세요? 계속 그러신다면 지금 병원으로 가겠어요!"

내가 이렇게 말을 잘 할 줄은 몰랐다. 나도 내 목소리에 놀라 가만히 서 있었다. 이모는 뒤통수를 세게 맞은 표정이었다.

"뭐? 이 년이…… 참 나, 어이없네. 누가 그 애비 자식 아니랄까봐."

"제 할 일은 다 잘 할 테니 이제부터 이유 없이 미워하지 말아주세요!"

"누구 때문에 우리 언니가……"

이모는 뭔가를 더 말하려고 했지만 이모부가 나와서 손을 잡아끌고 안방으로 들어갔다. 나는 이모의 뒤통수를 바라보며 마지막 하려던 말이 무엇일지 생각했다. 그러나 너무 흥분한 상태여서 그 날 밤은 쉽게 잠이 들었다. 그 다음 날은 동생들을 집에 데려다 놓고 아빠가 있는 병원으로 갔다. 아빠가 나를 반갑게 맞아주었다.

"아이구, 우리 달이. 잘 지냈어? 힘들게 왜 왔어?"

그러면서 아빠는 나를 꼭 안아주었다. 나도 아빠를 꼭 안고 오랫동안 놓지 않았다. 이모가 만날 화낸다고 말하면 아빠가 속상하겠지.

"오늘은 아빠 간호하면서 자라고 이모가 허락해주셨어요. 제게 잘 해 주세요."

"그랬구나, 항상 이모 말씀 잘 듣고 동생들도 이뻐해 주어야 한다."

"네, 아빠."

보호자용 침대는 좁고 불편했지만 아빠의 숨소리를 들으면서 오랜만에 행복하게 잠들었다.

그 일 이후로 이모와 나는 이야기를 전혀 하지 않았다. 이모의 잔소리도 사라졌다. 이모부가 가운데서 힘을 쓰신 것 같다. 그 덕에 난 이모 눈치를 보지 않고 동생들과 재밌게 지낼 수 있었다. 그런데 이모가 단단히 화가 날 일이 생겼다. 예님이가 이모가 아끼는 도자기를 깨뜨린 것이다. 나도 모르는 사이 예님이는 의자를 놓고 올라가 거실 서랍장문을 열어 그 속에 진열된 도자기에 손을 댄 것이다. 예님이는 도자기를 깨뜨리고선 엉엉 울었다.

"아니, 이게 뭔 소리다냐?"

예넘이는 우는 걸 멈추지 않았다. 나는 도자기 파편이 예넘이에게 박혔을까봐 이리저리 살피느라 정신이 없었다. 하지만 이모는 예넘이가 다치지 않았는지는 살피지도 않고 깨진 도자기 조각을 집어 들고 소리를 질렀다.

"이 년아, 이게 얼마 짜린데 깨 먹냐? 왜 생전 손대지도 않던 도자기장을 뭣한다고 건드려?"

이모는 울고 있는 예넘이의 등을 때렸다. 그래도 화가 풀리지 않는지 발을 쿵쿵 구르며 흥분했다. 이모를 말리려고 하자 이모는 내 뺨을 때렸다.

"네 년이 우리 집에 들어와서 일어난 일이여. 생전 얌전하게만 노는 아가 뭣땀시 이런 일을 저질렀겄냐. 재수없는 년."

"이모! 그만 하세요. 이 도자기가 그렇게 소중해요?"

"입은 뚫렸다고 말은 잘 헌다. 네 애비가 내 언니를 그렇게 만들어놓고도 말만 뻔뻔하게 잘 하더니, 생긴 것도지 애비를 빼다박은 게 말하는 것도 똑같고만."

"그게 무슨 말씀이세요? 엄마가 어쨌는데요. 엄마는 지금 미국에서 공부하고 계시잖아요?"

그 때 인터폰이 울렸다. 내가 서둘러 받았다. 이웃에서 시끄럽다고 항의가 들어온다고 경비아저씨가 말했다. 때마침 이모부가 현관문을 열고 들어오셨다. 벌어진 상황을 보며 예님이를 안아 올리고 인터폰을 받아 경비아저씨에게 사과했다. 가끔씩 있는 일인 듯 이모부의 목소리는 침착했다.

이모는 뭔가 할 말이 있는 것처럼 나를 뚫어지게 쏘아보더니 안방으로 들어가 방문을 쾅 닫았다. 나는 도자기 깨진 것을 치우고 예님이를 업어주면서 가만히 생각해 보았다. 이모의 어둡고 낯선 눈빛이 계속 머리에 맴돌았다. 이모가 말하지 못하는 것이 무엇인지 궁금했다. 난 조용하게 지내다가도 갑자기 화를 버럭버럭 내는 이모에게 무슨 병이 있는 게 아닌가 생각했다. 나는 그런 이모를 말리는 일을 되풀이했다.

슈퍼마켓에서 우유를 사서 돌아오는데 현관문 바깥으로 현승이의 울음소리가 들려왔다. 이모가 현승이를 때리고 있었다. 나는 깜짝 놀라 이모를 현승이게서 뜯어내었다. 그 때 이모의 눈을 보았다. 눈물이 그렁그렁 맺혀 곧 떨어질 것 같았고 무척 고통스러워 보였다. 이모는 현승이를 때리는 것이 아니라 자기 자신을 때리는 것 같았다. 그러더니 이모의 울음소리가 들렸다. 이모부가 퇴근하실 무렵엔 아무 일도 없었던 것처럼 이모는 웃고 있었다. 이모는 겉으론 강해보이지만 어딘가 아픈 것이 틀림없다. 그 후로 이모가 흥분할 때는 전처럼 소리를 지르며 말리지 않고 이모를 뒤에서 꽉 껴안았다. 한참 동안 그러고 있으면 이모는 때리는 것을 멈추고 울었다. 그리고 지쳐서 방으로 들어갔다. 그런 일이 있고 난 뒤면 이모는 동생들을 오랫동안 안고 미안하다고 했다. 맛있는 음식들을 해주며 살갑게 대했다. 때려도 좋으니 내게도 엄마가 가까이 있었으면 좋겠다고 생각했다. 미국에 있는 엄마는 언제 오실까. 오늘은 꼭 아빠에게로 가야겠다.

# 3.
## 슬픈 퇴원

이모는 병원에 다니기 시작했다. 내가 와 있는 동안 동생들을 봐줄 수 있으니 안심하고 치료를 받기 시작한 것이다. 나와도 눈을 마주치며 얘기하게 되었다. 그럴 때면 한참 동안 나를 바라본다.

"형부만 닮은 줄 알았더니, 눈은 엄마를 닮았네."

그러곤 아무 말도 없었다. 이모는 많이 변했다. 무슨 일을 결정할 때는 내 의견을 물었고, 현승이와 예림이가 잘못을 저질러도 화를 낼 뿐 때리지는 않았다. 되도록 흥분하지 않으려고 노력하는 모습이 보였다. 나는 이모의 변화에 기뻤다. 이모 집으로 가는 무거웠던 발걸음이 이제는 가볍다. 웃는 날도 더 많아졌다. 그렇게 이모집에 적응해 갈수록 아빠의 퇴원날도 가까워졌다. 퇴원 전날, 난 아빠와 다시 살 수 있다는 생각에 들떠 깡충깡충 뛰어서 집으로 들어갔다. 몇 개 안 되는 짐도 미리 싸 두고 진돌이도 집에 데려다 놓고 이모집에서 가져온 조기 내장과 머리에 밥을 비벼 먹였다. 진돌이도 반가운 듯 꼬리를 흔들며, 혀를 내밀고 얼굴을 내 허벅지에 문질러댔다. 집은 진돌이의 씩씩대는 숨소리만으로도 활기를 띄었다. 거실과 안방의 거미줄을 걷어내고 먼지를 털어냈다. 부엌은 오랫동안 살림을 하지 않아서 싱크대에 먼지가 쌓여 있었다. 내가 청소하는 것을 해태가 웃으며 쳐다보고 있었다. 진돌이에게 곧 돌아오겠다고 말하고 이모 집으로 갔다. 가방을 챙겨 인사를 하려는데 현승이가 손을 잡았다.

"누나야, 벌써 가는 거야? 안 가면 안 돼?"

현승이가 울먹이는 목소리로 말했다. 예님이는 눈물까지 그렁거렸다.

"누나 집 지켜야지. 설이랑 추석 때랑 만나면 그 때 많이 놀아줄게."

어린 애들이라 놀아준다는 말에 활짝 웃었다. 이모부께서 힘내라고 어깨를 토닥여주셨다. 인사를 마치고 현관을 나설 때였다.

"달이야, 일루 와 봐라잉."

이모가 손짓했다. 나는 무슨 일인가 해서 갔다. 이모가 미소를 머금고 말했다.

"이모가 그동안 미안했응께 주는 거여. 사양 같은 거하지 말고 어여 받어."

리본이 달린 분홍색 머리끈과 돈이었다. 머리를 풀고 다니는 게 더워서 노란 고무줄로 묶고 다녔는데 이모는 그것을 보고 샀을 것이다. 예님이 것을 하나 주셔도 되는데 나를 생각하며 특별히 골랐다고 생각하니 기분도 좋앗다. 고마워서 몇 번이나 인사를 했다. 이제 동생들과 이모, 이모부를 떠나서 서운했지만 아빠를 본다고 생각하니 신이 나 병원으로 갔다. 아빠는 병원 홀에 있는 만남의 장소에서 텔레비전을 보고 있었다.

"아빠! 아아 빠아!"

오랫동안 못 불렀던 아빠라서 몇 번이고 불렀다. 아빠는 얼른 일어나 팔을 벌렸다. 오랜만에 안긴 아빠 품은 뼈밖에 남지 않아 딱딱했지만 아늑했다. 아빠가 퇴원해서 다시 같이 살 수 있다는 생각에 눈물이 났다. 아빠도 활짝 웃었다. 아빠는 집에 가면서 자장면을 사주었다. 아빠와 같이 먹으니 더 맛있었다.

"아빠, 짜장면 값은 달이가 쏠게요."

"뭐라고? 우리 달이가 무슨 돈이 있다고?"

나는 의기양양해서 이모가 준 돈 봉투를 꺼내 아빠께 드렸다. 10만원이 들어있었다.

"이모께서 큰 돈을 주셨구나. 너를 봐주신 것만으로도 고마운데……."

아빠와 손을 꼭 잡고 그 동안 있었던 일을 풀어놓으니 금방 집에 도착했다. 아빠와 함께 부엌에서 저녁밥을 지었다. 나 혼자 있을 때와 공기부터 다르게 느껴졌다. 진돌이는 오랜만에 들려오는 달그락거리는 소리에 배가 고픈지 끄으응거렸다. 찌개가 보글보글 끓는 것을 보고 진돌이 밥을 챙겨 밖으로 나왔다. 내 가랑이 사이를 정신없이 왔다 갔다 하는 진돌이는 먹을 것을 보자 순해져서 쩝쩝거리며 맛있게 먹었다. 귀여웠다. 진돌이가 밥 먹는 것을 지켜보다 아빠가 나를 부를 만한 때가 되었는데도 조용해서 부엌으로 들어갔다. 그런데 아빠가 싱크대 밑에 고꾸라져 심하게 기침을 하고 있었다.

"아, 아빠, 왜 그래요? 괜찮아요?"

아빠 옆에 쓰러지듯 앉아 아빠를 불렀다. 아빠는 한참동안 숨을 쉬지 못하는 것 같았다. 기침이 멎자 아빠는 힘들게 웃으며 말했다.

"괜찮다. 찌개 간을 보다 사래가 들려서 그렇다. 걱정 말고 밥 묵자."

난 아빠의 말을 믿을 수 없었다. 입술은 괜찮다고 하고 있어도 표정은 너무 고통스러웠기 때문이다. 그러고 보니 아빠는 병이 나아서 퇴원했는데도 얼굴은 예전보다 훨씬 나빠보였다. 하지만 더 이상 말 하면 안 될 것 같아 찌개를 들고 밥상 앞에 앉았다. 배는 고팠지만 밥이 목으로 넘어가지 않았다.

아빠는 밥을 먹고 나면 내 엄지손톱만 한 알약을 한 웅큼씩 삼켰다. 아빠는 그 약을 삼킬 때 얼굴을 찌푸렸다. 나 혼자 이렇게 건강한 것이 미안했다. 하지만 그런다고 나까지 아프면 안 되기 때문에 나는 밥을 한 톨도 남기지 않고 다 먹었다. 내가 건강해야 아빠도 보살펴드릴 수 있다.

　아빠도 약을 꼬박꼬박 드신 덕분에 예전처럼 활기를 찾으신 듯했다. 아빠는 항상 청국장을 끓이시고 상추에 된장을 얹어 먹었다. 냄새는 나도 맛은 기가 막히게 좋다. 아빠는 조각뿐만 아니라 요리도 잘한다. 진돌이도 청국장이 맛있는지 밥그릇을 설거지 하듯이 핥아먹었다. 진돌이와 산책에 나섰다. 진돌이는 몸이 근질근질했는지 집에서부터 학교까지 계속 뛰어갔다. 오랜만에 힘차게 뛰어서 숨이 찼다. 아무도 없는 학교는 조용했다. 그래도 장 안에 앉아있는 토끼들과 시끄러운 닭 덕분에 그렇게 썰렁하지는 않았다. 나는 호기심이 발동했다. 진돌이 목줄을 장 모서리에 걸어두고 장문을 열어 토끼 한 마리를 꺼냈다. 털이 뽀얗고 귀여운 작은 새끼 토끼이다. 몇 달 전에 태어나서 아직 털이 보송보송하다. 꼼지락대며 빨간 코로 킁킁거리는 모습이 앙증맞았다. 운동장에 내려놓자 처음 밟는 땅이 신기한지 코를 땅에 대고 냄새를 맡았다. 그 모습이 우스워 웃음이 터져 나오려 했지만 토끼가 놀랄까봐 참느라고 애를 먹었다. 뽀얀 토끼를 다시 장에 넣고 장 안을 유심히 봤다. 점박이 토끼는 배추를 뜯고 있다. 오빠는 이렇게 노는 것 보다는 흙 갖고 노는 게 재미있다고 했는데, 오빠와 마음껏 흙장난을 하지 못한 게 후회됐다. 눈물이 핑 돈다. 오빠는 아무 때나 불쑥불쑥 튀어나와 나를 슬프게 한다.

학교에서 나와 천천히 산책을 했다. 겨울에 들어서려는지 벌써 바람은 차가웠다. 하지만 햇살은 따뜻했다. 이런 기분 좋은 날씨에는 뛰고 싶지 않다. 천천히 이 날씨를 즐기며 걷고 싶다. 하지만 가만히 있기에는 아까운 날씨다. 실눈 아줌마 집 흙 담장을 지나가는데 두런거리는 소리가 들렸다. 엿듣는 건 나쁜 것이지만 들리는 대로 듣고 말았다.

"파란지붕 이 서방 알제? 아따, 암에 걸렸드라고. 알고 있었능가?"

"워메, 진직에 알았제. 폴세 다 소문 났는디. 병도 다 안 나섰는디 돈이 없어가지고 그냥 나왔다고 하드만?"

"우리가 도울 수도 없고…… 하유, 달이는 어쩐다냐, 인제 이 서방 죽어블면은 지 에미도 없고 오빠도 없고 딱 고아네 고아……."

"아따, 그런 소리 마소."

"아가 복을 그렇게밖으 못 타고 났으까이."

할머니와 아줌마의 목소리가 연달아 들렸다. 다리에 힘이 풀려 털썩 주저앉았다. 아빠가 암에 걸렸다니……. 아빠가 곧 죽을 수 있다는 생각에 무서웠다. 진돌이가 내 볼을 핥았다. 울고 싶지 않은데 눈물이 흘러내리고 있었다. 땅에 앉은 채로 진돌이 목을 감싸 안고 울었다. 진돌이는 끙끙거리며 내 팔을 핥았다. 진돌이의 품은 아빠처럼 부드러웠다.

"달아, 산책 다녀온다더니 표정이 왜 그래? 무슨 일 있었어?"

마루에서 우리를 기다리고 있던 아빠가 묻는다. 대답할 수 없어 가만히 고개만 저었다. 아빠도 표정이 어두워졌다. 저녁 먹을 때까지 난 한 마디도 하지 않았다. 아니, 못 했다. 아빠에게 잘 해줘야 되겠는데 도저히 그럴 수가 없었다. 암이란 것이 다른 사람까지 무겁게 하는 아주 무서운 것이라는 걸 깨달았다.

아침, 학교를 가야 해서 일찍 눈을 떴다. 그런데 너무 일찍 떴다. 새벽 다섯 시라 진돌이도 자고 있었다. 아빠가 깨지 않도록 조심조심 걸어 어제 남은 설거지를 했다. 물소리에 아빠가 깨지 않도록 부엌문을 닫았는데도 조마조마했다. 밥을 앉히고 국을 끓여 상에 차려놓고 보니 벌써 일곱 시였다. 피곤했지만 아빠를 힘들게 안 하려면 아침마다 내가 밥을 할 것이다. 아빠는 내 마음도 모르고 언제 이렇게 솜씨가 늘었느냐고 칭찬했다.

"우리 달이가 다 컸구나. 밥도 하고 국도 끓이고, 이제 아빠 없어도 되겠다."

"무슨 말이에요. 아빠가 없으면 이렇게 음식을 할 거

같아요?"

아빠의 칭찬이 싫었다. 혼잣말처럼 던진 마지막 한 마디에 화가 났다. 내가 아무리 일을 잘 한다고 해도 아빠까지 없으면 난 어떻게 살라고. 빨리 엄마가 돌아왔으면 좋겠다. 아빠는 왜 엄마와 연락하지 않을까.

날마다 새벽 다섯 시에 일어나 아침을 준비했다. 아침 운동 하는 셈 치고 가볍게 한다는 생각이었지만 아빠를 좀 더 주무시게 하려고 한 것이다. 하지만 아빠는 내가 너무 무리를 한다며 다음부터는 충분히 자라고 했다. 그러나 나는 항상 여섯 시에 일어났다. 아빠는 충분히 쉰 덕분인지 점점 건강해졌다. 난 정말 좋았다. 아빠는 일찍 죽지 않을 것이다. 무서운 병도 아빠를 데려갈 수 없다.

# 4.
## 심포니 오케스트라

겨울방학이 왔다. 거의 두 달 동안 난 자유인 것이다. 대신 월요일마다 학교에서 한 시간 동안 수업을 하지만 그건 아무것도 아니다. 아빠와 보낼 시간이 훨씬 더 많아진다는 사실 자체가 즐거웠다. 크리스마스이브에 눈이 내 정강이까지 쌓였다. 진돌이는 처음 보는 새하얀 세상에 놀랐는지 마당에서 계속 뒹굴었다. 아빠가 진돌이 등에 묻은 눈을 계속 털어냈지만 진돌이는 또다시 눈을 묻혀왔다. 난 아빠와 진돌이랑 눈싸움을 했다. 눈을 뿌리는 정도였지만 즐거웠다. 아빠와 눈사람을 누가 더 크게 만드나 시합도 했다. 아빠는 혼자 만들고 난 진돌이와 만들었다. 진돌이는 다리로 내가 뭉쳐놓은 눈을 매번 부서뜨렸다. 아빠와 한 팀 먹게 할 건데 진돌이가 얄미웠다. 아빠는 어떻게 눈을 뭉치는지 내 몸만 한 눈사람을 만들었다. 눈 뭉치기에 지쳐 진돌이와 같이 마당에 누워버렸다. 아빠도 누웠다. 눈은 차가웠지만 부드러웠다. 우리는 시합을 포기하고 아빠가 만들어놓은 눈사람에다 치장을 하기 시작했다. 솔방울로 두 눈을 만들고 짧은 막대로 코를 붙였다. 오래된 목도리를 가져다 목에 둘러주었더니 정말 멋진 눈사람이 되었다. 오늘은 정말 행복하다. 항상 오늘처럼 행복하면 좋겠다. 눈이 또 내리고 있었다.

깨강정을 먹으며 텔레비전 채널을 할 일 없이 돌리고 있었다. 채널이 세 개밖에 나오지 않아 볼 것도 없었다. 공기놀이를 할까 하고 밖을 뒤져보았는데 쓸 만한 돌은 하나도 없었다. 그런데 한 광고에서 흘러나오는 선율이 내 귀를 솔깃하게 했다.

"…… 올해의 마지막을…… 심포니 오케스트라 공연과 함께…… 장식하세요."

지지직거리는 화면 사이로 여자의 목소리가 들렸다. 검은 양복을 입은 지휘자가 오케스트라를 지휘하는 모습이었는데 잠깐 들은 그 음율이 선명하게 머릿속에서 반복됐다. 아름다운 소리였다. 마치 한 번도 안겨본 기억이 없는 엄마의 가슴에서 소리가 들린다면 저렇게 편안하고 아늑할 것 같다. 광고는 짧게 끝났지만 난 그 선율을 또렷이 기억했다. 난 음악시간에도 한 번 들은 음을 정확하게 기억해서 선생님을 놀라게 하곤 했으니까.

"달이야, 뭔 일로 테레비를 그렇게 잘 보냐? 해가 서쪽에서 뜨겠네."

"아빠, 오케스트라가 뭐 하는 거여요? 되게 멋지다!"

아빠는 잠시 말을 끊었다가 시큰둥하게 대답했다.

"그건 아무나 하기 힘든 거란다."

나는 아빠의 말을 듣는 둥 마는 둥 하고 오케스트라
를 상상해 보았다. 긴 활과 잘록한 선을 가진 바이올린을
든 연주자의 손에서 끊임없이 아름다운 소리가 흘러나
왔다. 그 속에는 힘차게 흐르는 폭포와 잔잔한 강물, 졸
졸거리는 작은 개울물소리가 있었으며, 산새들의 지저귐
과 바람소리도 있었다. 그것은 선명하고 또렷한 그림이었
다. 그 소리에서 아빠의 목소리가 들렸다.

　"보고 싶니?"

　짧은 말이었지만 난 눈이 번쩍 뜨였다. 난 눈을 크게
뜨고 고개를 힘차게 끄덕였다. 아빠는 쓸쓸하게 웃으며
그러자고 했다. 나는 좋아서 안방과 거실을 뛰어다녔다.
오케스트라 연주회 예약이 이주일밖에 남지 않아 마음
이 급했다.

　"아빠! 아빠! 유진이네에 다녀올게요. 거기 컴퓨터에
서 예약하려구요."

　"뭔 공연인지는 아냐?"

　"그럼요!"

　난 아빠가 뒤이어 하는 말도 듣지 않고 유진네로 달려
갔다. 우리 마을에서 가장 부자인 유진네에는 벽걸이 텔
레비전도 있고 컴퓨터도 있다. 내가 컴퓨터를 할 수 있는
유일한 곳이다. 이럴 때면 유진이에게 고맙고도 미안하
다. 유진이는 예약하는 내내 내가 오케스트라 연주회에

간다는 것이 믿겨지지 않는다는 표정으로 지켜보고 있었다.

"영화도 아니고 그걸 왜 보니? 그렇게 멀리까지 가서. 차라리 그 돈으로 햄버거를 먹는 게 낫지 않아?"

"난 꼭 그 연주회에 갈 거야. 악기들 소리를 모두 듣고 싶어."

유진이는 어쩔 수 없다는 듯 두 손을 들어보였다. 오늘부터 2주일을 어떻게 보낼지 걱정이다. 가슴이 날아갈 것만 같았기 때문이다. 벌써부터 들려오는 음악소리에 콧노래를 흥얼거렸다. 깡충깡충 뛰어오니 집에 훨씬 빨리 도착했다.

심포니 오케스트라 공연 예약 후 아빠는 일을 열심히 했다. 아침 여덟 시에 나가 밤 열 시에 돌아올 정도로 하루 종일 일만 했다. 난 그렇게 무리하는 아빠가 걱정됐다.

"아빠, 너무 무리하지 마세요. 또 아프면 큰일나요."

아빠는 누워서 나를 꼭 안았다. 나도 아빠 허리를 잡고 얼굴을 파묻었다. 아빠의 빠른 심장 소리가 느껴졌다. 바쁘게 사는 아빠를 그대로 일러주는 소리였다. 내 걱정도 아빠의 힘듦도 모두 묻어 있었다. 아빠를 꼭 안고 난 그대로 잠이 들었다.

12월 31일, 심포니 오케스트라의 공연이 있는 날이

다. 오후 두 시에 시작해서 네 시에 끝나는 공연이다. 아침 여섯 시에 일어나 똑같은 일을 하는데도 시간이 멈춘 듯 흐르지 않았다. 여느 때와 다른 일요일이다.

공연장은 사람들로 붐볐다. 일찍 출발했는데도 사람들의 줄이 차도까지 뻗어 있었다. 그 덕에 심포니 오케스트라가 얼마나 유명한지 알았다. 내가 이런 공연을 본다니 가슴이 터질 것 같았다. 공연 삼십 분 전이 되어서야 모두 공연장에 들어왔고 자리는 빈 곳 없이 꽉꽉 찼다. 우리는 앞에서 네 번째 줄에 앉아 좋은 위치에서 볼 수 있었다. 어둡던 무대에 곧 불이 켜지고 커튼이 열렸다. 큼직한 악기부터 작은 악기를 든 사람들이 줄줄이 무대에 앉아있었다. 잠시 후 머리카락을 멋지게 넘긴 지휘자가 나와 인사를 하자 사람들이 박수를 쳤다. 아빠도 박수를 치기에 나도 열심히 쳤다. 음악 연주도 안 했는데 왜 치는지 모르겠다. 들어올 때 받은 공연 안내서를 보고 있는데 연주가 시작했다. 바이올린 소리가 먼저 문을 열었다. 가느다란 선율이 마치 귀를 간질이는 것 같다. 점점 웅장해지는 첼로 소리에 뒤이어 목관악기의 깊은 울림이 퍼져 나왔다. 바로 앞에서 들리는 악기의 소리는 학교 음악시간에 듣던 소리나 텔레비전 소리와는 비교할 수 없었다. 부드러운 떨림이 마치 바로 소리를 만지듯 느낄 수 있었다. 나는 발가락을 오므리고 깜짝깜짝 놀라게 하는 북소리까지 하나하나 기억하며 연주에 빠져들었다. 특히 '윌리엄 텔 서곡'은 굉장했다. 지휘자의 춤에 따라 움직이는 소리는 커졌다가 작아졌다 하며 나까지 그 지휘에 끌어들였다. 경쾌한 활의 움직임에 빨려든 나는 산 속을 헤매는 사슴처럼 음악 속에서 빠져나올 수 없었다. 두 시간의 공연이 끝나고 나는 음악에 취해 비틀거렸다. 선 굵은 트럼펫, 웅장하고 애절한 첼로, 모두 멋지고 굉장했지만 그 작은 몸에서 멋진 소리를 내는 바이올린은 내 머릿속에서 떠나가지 않았다. 귓속을 파고드는 고음을 저 혼자 낼 수 있는 바이올린은 정말 매력적이었다. 난 침이 고이는 어금니를 꽉 물며 흥분해서 말을 멈추지 않았다.

"아빠! 정말 굉장했죠? 멋있어서 심장이 아직도 막 뛰어요."

"아빠, 특히 다섯째 음악이요, 감동적이지 않았어요? 저는 숨이 다 멎는 줄 알았어요. 숨을 쉬면 그 음악을 놓칠까봐서요."

아빠는 미소를 지으며 내 이야기를 참을성 있게 들었다. 그러나 가끔 어두워지는 아빠 옆모습이 보였다. 난 내가 아빠를 피곤하게 하는 것 같아 미안해졌다. 그래도 꼭 하고 싶은 말을 마지막으로 했다.

"아빠, 그래서 말인데요. 저, 정말로 진짜로 바이올린을 연주하고 싶어요."

아빠는 어두운 눈으로 나를 바라보았다. 난 간절한 눈빛으로 아빠를 바라보았다. 아빠는 차를 타고 출발하기 전에 한 마디 했다.

"달이야, 정말 바이올린을 연주하고 싶니? 아빠는 달이가 하고 싶다면 생각 좀 해보려고."

"전 꼭 하고 싶어요. 전 바이올린 소리가 정말 좋아요, 아빠."

허락하겠다는 말은 아니었지만 기분이 좋았다. 내가 바이올린을 연주하는 모습을 상상해 보았다. 좋아서 손톱을 물었다. 아빠의 얼굴을 힐끗 쳐다보았는데 고민 중이었다. 주먹을 괴고 눈을 감고 눈을 살짝 찌푸린 채, 아빠가 고민할 때면 나오는 자세다. 난 아빠의 손을 꼭 잡고 편하게 앉았다. 스르르 잠이 왔다. 나는 꿈속에서 무대 위에서 바이올린을 연주하고 있었다.

# 5.
## 나의 바이올린

아빠는 여전히 일을 열심히 했다. 종종 일찍 퇴근하기도 했지만 난 혼자 있는 시간이 많았다. 진돌이도 아빠가 빨리 오길 원하는지 아빠가 늦게 들어올 때마다 힝힝 콧소리를 냈다. 아빠는 늦게 돌아와 피곤해도 웃으며 말했다.

"우리 달이가 아빠 걱정 하느라고 잠도 못 자고 기다렸구나."

아빠는 내 얼굴을 몇 번씩 쓰다듬고는 밥도 안 먹고 잤다. 그럴 때 아빠는 몸을 잔뜩 웅크렸는데 그 모습이 정말 안타까웠다. 게다가 가끔씩 앓는 소리도 내서 더욱 걱정 됐다. 난 어느 날부터 모든 살림을 도맡아했다. 아침은 물론 저녁까지 내가 준비했고 청소, 빨래며, 시장 보는 일도 내가 했다. 우리 모두가 이렇게 힘들다는 걸 알고 있고, 그래서 더욱 열심히 일했다. 나 혼자 빈둥빈둥 놀며 편하게 지내면 양심에 찔려 도저히 그러지 못할 것이다. 아빠는 그런 내 모습을 쓸쓸하게 바라보았다.

오늘은 아빠가 일찍 들어왔다. 그런데 뒤에 큰 짐을 감춘 채였다. 나는 아빠 등을 보느라 이리저리 몸을 돌렸다. 나는 그것이 무엇인지 알 수 있어서 가슴이 벌렁거렸다.

"오늘 우리 달이한테 선물 줄 거 있다!"

아빠는 내 마음을 전혀 모르는 듯 느긋하게 말했다. 나는 기다리지 못하고 아빠가 뒤에 감춘 케이스를 빼앗아 들었다.

"와! 바이올린이다!"

검은색 천으로 된 가방이 끈에 매달려 흔들거리고 있었다. 난 입이 떡 벌어진 채 가방을 들었다. 가방 안에는 갈색 바이올린이 반짝이고 있었다. 우아했다. 난 벌떡 일어나 아빠 볼에 수십 번 뽀뽀를 했다.

"아빠가 열심히 일해서 산 거다. 열심히 배워라."

나는 고개를 끄덕여 대답하고 바이올린 허리선을 만져 보았다. 매끈매끈한 것이 미끄러질 듯했다. 소리통 옆에 콧수염처럼 나 있는 무늬는 영국 신사들처럼 점잖았다. 난 얼른 바이올린을 꺼내서 활을 들었다. 오케스트라에서 본 사람들처럼 허리를 꼿꼿이 세우고 바이올린에 턱을 대었다. 활을 한 번 쭉 켜 보니 부웅 하고 방귀소리가 났다. 난 깜짝 놀라서 바이올린을 살펴보았다. 내가 아는 바이올린은 이런 소리를 내지 않는다.

"아빠, 이거 고장 난 거 아니에요?"

"허허허, 첫 술에 배부르려고? 바이올린이 쉽게 제 소리를 내주는 악기는 아니란다."

아빠는 마치 바이올린에 대해 잘 아는 사람처럼 이야

기했다. 난 고개를 갸우뚱했다. 순간 연주자들이 어떻게 바이올린을 연주하는지 떠올렸다. 그들의 손가락은 바이올린 줄 끝에서 열심히 춤을 추고 있었다. 난 혹시나 하는 마음으로 검지를 한 줄에 대어 보았다. 그리고 다시 진지하게 활을 켰다. 귀를 울리는 강한 고음이 찌르르 울려 퍼졌다. 난 그 소리에 소름이 돋았지만 다시 다른 소리를 내보았다. 손가락을 하나하나 짚어 활을 켜는데 저녁 먹을 시간이 되었다.

"달아, 저녁 먹자. 저녁 먹고 또 연습하면 되지. 그렇게 좋으냐?"

"네, 아빠. 이렇게 가는 줄에서 서로 다른 소리가 나오는 게 정말 신기해요. 이음 하나하나가 다 들리는 것 같아요."

"예, 예. 알겠어요. 정말 고맙습니다요. 예, 예. 내일 뵙겠습니다."

아빠가 무릎까지 꿇고 앉아 전화를 하고 있었다. 바이올린 줄마다 어떤 소리가 나는지 들어보고 있던 나는 무슨 일인가 궁금했다.

"달이야, 드디어 네 바이올린 선생님을 모셨다."

"정말이요? 제가 바이올린을 정식으로 배우는 거예요? 우와, 신난다!"

나를 가르쳐줄 선생님이 오신다니 설렜다. 이 하나하나의 음에서 나도 곧 아름다운 소리를 낼 수 있을 것이다. 아빠 말씀대로 내게도 바이올린이 제 목소리를 들려줄 날이 올 것이란 얘기다. 그런데 우리는 강습을 받을 만한 돈이 없다.

"아빠, 근데 어떻게 수업 받아요? 돈두 없을 텐데."

아빠는 걱정 말라고 했다.

"세상이 참 좋아졌다. 훌륭한 자원봉사 선생님이 오시기로 했으니 게으름 피우지 말고 열심히 배워야 한다. 알았지?"

바이올린을 제대로 배울 수 있다니 난 더욱 연습을 했다. 처음 만나는 선생님께 제 음은 아니더라도 활을 켰을 때 부드러운 소리를 내고 싶었다. 어떤 선생님일지 그 선생님을 만날 생각에 날을 꼬박 세우며 연습했다. 난 손가락에 줄 자국이 남을 만큼 활을 켰다. 이제 겨우 한 음을 안정적으로 낼 수 있다. 그 음은 어떻게 켜도 흐트러지지 않고 내 손 안에 갇혔다. 나는 그 다음 현을 연습하기 시작했다. 곧 이 음도 내 손 안에 들어올 것이다. 한 음 한음 익숙해질수록 끽하는 횟수가 줄어들었다. 현과 활은 마치 촘촘히 짜인 섬세한 거미줄 같아서 조금이라도 방향이 틀어지거나 힘을 고르게 주지 않으면 반드시 끊어지는 소리를 냈다. 난 딱 맞는 힘과 방향을 찾는 일이 재미 있었고 몇 번이면 찾을 수 있었다. 그렇게 시간이 흐르고 전화가 왔다.

"달이냐? 뭔 깽깽이 소리가 이리 시끄러워! 밤 열 두 시랑께, 열두 시."

옆집 아줌마다. 전화를 받자마자 날카로운 목소리가 들려 얼굴을 찌푸렸다. 기어드는 목소리로 죄송하다고 말하고 얼른 끊었다. 꾸중은 들었지만 난 계속 연습을 했다. 대신 이불로 창문을 가리고 방문 틈도 막았다. 그리고 힘빼고 연습했다. 새벽 두 시가 되어서야 아빠가 문을 두드렸다. 자라는 뜻이다. 나는 소리를 내지는 않았지만 현과 칼의 방향과 힘을 떠올리며 오늘 터득한 음을 반복해 보았다. 바이올린을 켜면 가슴이 두근거린다. 나는 지금 아무런 소리도 제대로 낼 수 없지만 이 소리만으로도 행복했다. 전생에 바이올린과 내가 한 목소리였을지도 모르는 일이다.

아침부터 법석이다. 아빠도 질세라 머리도 빗고 말쑥한 정장을 빼입었다. 나도 이모가 사주신 분홍 끈으로 머리를 묶고 신발 코도 닦았다. 거울을 보며 끝까지 옷매무새를 정리하고 학교 근처 공부방으로 갔다. 이름이 '어울터'여서 항상 부드러운 느낌을 준다. 우리 마을에서 가장 큰 건물이지만 그다지 사람은 많지 않았다. 1층은 접수하는 곳, 2층은 공부하는 곳, 그리고 3층이 음악 배우

는 곳이다. 엘리베이터가 없어 바이올린을 꼭 안고 계단
으로 올라갔다. 3층에 들어서자 한 남자가 아빠를 맞았
다. 검은 색 짙은 안경을 써서 정말 선생님처럼 생긴 남자
였다. '저 분일까?' 아빠와 남자는 짧게 이야기를 나누
고 어디론가 갔다. 난 주위를 둘러보다 둘을 놓칠 뻔했
다. 남자는 306이란 표지가 걸린 방문을 열었다.

"여기가 학생이 공부할 곳입니다. 선생님을 모시고
올 테니 잠시만 기다리세요."

남자가 굵직한 목소리로 말했다. '다행이다, 난 여자
선생님이 더 좋다.' 방에는 검은 색 보면대와 간단한 서
랍, 의자만 있었다. 거기에 앉아 바이올린을 꺼내 만지작
거리고 있으니 곧 한 여자가 들어왔다.

"어헉?"

난 작고 짧게 비명을 질렀다. 붉은 소시지 같은 입술
과 짙은 눈 화장이 눈에 들어왔다. 저 선생님이 바이올
린의 아름다운 소리를 꺼낼 수 있을지 상상이 가지 않았
다. 아빠는 여자에게 어색하게 인사했다. 나도 여자와
눈을 마주치지 않으며 인사했다. 여자가 높은 목소리로
말했다.

"여기 참 춥네요. 오늘부터 수업하는 거죠? 아, 제 이
름은 이해련이에요."

얼굴과 맞지 않게 밝고 예쁜 이름이다. 난 자리에 앉

앗다. 해련 선생님은 나를 옆으로 비껴보며 말했다.

"앞으로 잘 부탁드릴게요. 이름이 달이라고 했죠?"

"예. 바이올린에 관심이 많으니 부족해도 잘 좀 지도 해 주십시오."

선생님은 고개만 까닥이고 나에게 악보를 주었다. 난 보면대에 악보를 올려놓고 아빠에게 인사를 했다. 아빠는 잘 하라며 방을 나갔다. 오늘은 왠지 연주하기 싫다.

"악보 펴. 3쪽 보면 기본음 나오니깐 잘 봐 봐."

선생님은 대충 말하고 핸드폰을 꺼냈다. 딱딱거리며 메시지 찍히는 소리가 무척 거슬렸지만 열심히 악보를 살펴보았다. 하지만 무엇이 도인지 레인지 몰라서 살며시 물었다.

"저…… 선생님, 그게 제가 음표를 볼지 몰라서 요……."

"아 참, 깝깝하게. 그런 것도 모르고 바이올린 한다고 했어? 요즘은 개나 소나 다 바이올린이야."

난 내가 잘못 들은 줄 알았다. 하지만 음표를 못 읽는 것은 확실하니까 가만히 있었다. 난 기가 팍 죽었지만 바이올린을 배우고 싶은 마음이 더 강했다. 선생님이 연필을 꺼냈다. 음이 어딘지 짚어 주자 난 음표 밑에 이름을 적었다. 선생님은 다시 핸드폰을 들고 딱딱거렸다. 도부터 옥타브 도까지 외우고 선생님한테 이제 어쩔지 물었다.

"자, 바이올린 들어."

저 말투, 정말 마음에 안 든다. 바이올린을 들고 목에 가져다 대자 선생님은 시퍼런 눈을 찌푸렸다.

"아니, 그냥 들라고. 내가 벌써 연주라도 시키겠니?"

그러면 진작 말하시든가. 해련 선생님 덕에 혼잣말이 늘겠다. 바이올린을 무릎에 올리고 현에 손을 올렸다. 선생님은 또다시 연필로 어딜 짚어야 하는지 가르쳐주었다. 그리고 당신의 바이올린을 들어 한 음 한 음 소리를 내 보았다. 선생님이 잠깐 화장실로 가자 난 바이올린을 목에 대었다. 그리고 배운 음을 하나씩 내 보았다. 그리고 그 음을 연결해 보았다. 삑사리 내지 않는 방법은 충분히 연습했기 때문에 음을 알고 나니 금방이라도 들었던 음을 흉내 낼 수 있을 것 같다. '빌 헬름텔 서곡' 중 한 부분을 그럴 듯하게 따라 해보았다. 어림도 없이 초라한 소리였지만 소리는 비슷했다. 그런데 선생님이 문을 벌컥 열었다. 눈썹을 치켜세우며 날카롭게 쳐다보았기 때문에 얼른 바이올린을 내려놨다.

"맹랑하네. 음표도 읽지 못한다는 애가, 어디서 배우고 와서 시치미를 뚝 떼니? 하여간 요즘 애들은 의뭉스럽다니까. 그런데 활 잡는 폼을 보니 어디서 배웠는지 알만은 하다."

선생님은 바이올린을 들어 활 잡는 폼을 시범 보였다.

그리고 내 자세를 하나하나 교정해주었다. 그 동작은 커다랗고 느릿느릿했다. 활을 당길 때 그리고 밀 때 몸을 같이 움직이며 최대한 힘의 균형을 유지하는 듯 보였다. 그러자 아름다운 소리가 울려 퍼졌다. 난 모든 것을 빨아들이기라도 할 듯 활이 움직이는 모양을 지켜봤다. 현의 위치에 따라 활이 향하는 위치를 확인했다 선생님이 해보란 눈치를 주자 활을 켰다. 천천히 활을 당겼다. 선생님은 계속 그렇게 연습하라며 날 지켜보았다. 차라리 핸드폰 메시지를 계속 하면 좋을 텐데. 쳐다보는 게 부담스러웠지만 나는 이미 이 음을 안정적으로 낼 수 있었기 때문에 슬며시 어제 연습한 모든 음들을 이어서 내보았다. 그러다 나도 몰래 빠져들어 고음에서 저음으로 다시 고음으로 중음으로 내가 내고 싶은 소리들을 내기 시작했다. 선생님은 고개를 갸우뚱거리며 이런 나를 지켜보고 있었다.

수업이 끝나고 아빠가 공부방 앞에서 나를 기다리고 있었다. 아빠는 팔을 활짝 벌려 나를 안고 물었다.

"오늘 수업 재밌었니?"

난 살짝 얼버무려 대답했다.

"응, 그게, 재밌긴 재밌는데 선생님이 이상해요."

아빠는 눈을 동그랗게 떴다.

"아니, 뭐가?"

"자꾸 내가 이상하다고 그래요. 누구한테 바이올린 배웠느냐고 묻고요"

아빠는 아무 말이 없었다. 그리고 큰 몸짓으로

"뭐? 아빠가 가서 혼내줄까?"

나는 손을 내저어 아빠를 말렸다. 아빠도 못 이기는 척 손을 내려놓았다.

"아빠! 그래도 잘 가르쳐 주세요. 친절하진 않지만."

아빠는 큼큼 헛기침을 하며 천천히 걸었다. 난 아빠에게 수업시간에 있었던 일을 모두 늘어놓았다. 아빠는 가만히 듣고만 있었다. 집에 도착하자마자 나는 바이올린을 집어 들었다. 아빠는 어제와는 전혀 다른 바이올린 소리에 무척 놀라신 것 같았다. 그러다 활짝 웃었다.

"달이가 이렇게 잘할 줄 아빠는 상상도 못 했다."

나는 어서 빨리 오케스트라 연주자들처럼 연주하고 싶었다. 그날 밤 아빠께서 어디서 구했는지 달걀판을 잔뜩 가져와 내 창문과 벽에 붙여 주셨다. 이제 새벽까지 연습해도 옆집 아줌마한테 전화 받을 일은 없다.

# 6.
## 유리 선생님

매 주말마다 바이올린 강습을 받으러 가며 실력이 부쩍부쩍 늘었다. 이제 동요나 가곡이 아니라 클래식도 연주할 수 있었다. 그런데 선생님은 무엇이 불만인지 계속 화를 내며 동요와 가곡만 연습시켰다.

"야, 야, 활 모양이 왜 그래? 내가 그렇게 가르쳤어? 소리만 좋으면 뭐해, 자세가 그 모양인데."

허리를 바르게 펴고 활을 켰는데도 모양이 잘못됐다면서 화를 냈다. 오히려 잘하려고 긴장한 것이 해가 된 것이다. 그래서 난 최대한 편하게 '가을 길'을 연주했다. 이크, 또 선생님이 보면대를 두드린다.

"여기선 강하게 연주하라고 했잖아! 그리고……"

연달아 들려오는 잔소리에 난 귀를 닫았다. 그리고 오늘 처음 본 악보지만 머릿속에서 찬찬히 뜯어보고 다시 연주를 시작했다. 한 음도 실패 없이 연주한 것 같았다. 그런데 선생님은 여전히 얼굴이 뻘겋다. 아참, 선생님 말 도중에 연주했구나. 난 아예 눈을 감아 버리고 잔소리를 잔뜩 들었다.

학예회에서 바이올린 독주를 하게 됐다. 연주곡은 지정곡 중 선택하는 것이라서 그 중 어려운 가곡을 선택했다. 선생님의 잔소리는 더욱 늘었다. 학교에서 센터에 부탁해 추천한 것이니 잘하라는 잔소리를 수도 없이 했다. 그러나 일주일 내내 같은 곡을 연습하는 게 싫었다. 이미 익힌 것을 반복하며 강습 시간도 길어져서 끝나면 저녁 여덟 시가 된다. 집에 돌아오면 나는 다른 곡을 연습했다. 아빠께서 클래식 음반을 들을 수 있는 중고 오디오를 가져다 주셨기 때문에 나는 충분히 듣고 그 음을 따라 할 수 있었다. 내 음이 정확하다면 나는 이미 씨디 한 장 정도는 자유롭게 연주할 수 있다. 그런데도 그 곡을 연주할 곳이 없다.

학예회 날이 왔다. 열 번째에 연주를 해서 시간은 충분했지만 긴장돼서 무대 옆 의자에 가만히 앉아있지 못했다. 아빠가 휴가까지 내어 응원을 하니 기분은 좋았다.

"너 오늘 잘 하는가 보러 왔다. 잘 해. 우리 달이 파이팅!"

아빠가 살살 말했다. 나도 입모양으로만 대답했다.

"아빠, 일 때문에 바쁠 건데 왜 오셨어요."

"우리 달이 연주 봐야지."

아빠는 관중석으로 다시 들어갔다. 아빠가 가자 텅 빈 것 같아 더 긴장됐다. 내 차례는 금방 왔다. 악보 없이 연주하는 것쯤은 하나도 떨리지 않을 일인데 사람들 앞에 서서 한다고 생각하니 다리가 후들거렸다. 바람 빠진 팔에 힘을 넣어 주듯 숨을 깊이 들이쉬고 연주를 시작했다. 사 분 정도 걸리는 곡이 짧게 느껴졌다. 연습 때보다 내 소리에 몰입할 수 없어서 몸이 무거웠다. 무대에 선다는 게 이런 거구나. 무대 옆 의자에 앉아 있는데 아빠가 캔 음료수 하나를 들고 왔다.

"달이야, 진짜 잘 한다. 박수 소리 들었지?"

난 살짝 웃고 음료수를 마셨다. 언제 이렇게 바이올린을 배웠느냐고 여기저기서 친구들이 한 마디씩 건넸다. 공연이 끝난 아이들에게 부모님이 와서 먹을 것을 챙겨 주고 있었다. 오늘따라 나만 엄마가 없다는 게 느껴졌지만 아빠가 있었다. 관중석에 앉아 다른 아이들의 공연을 보았다. 다들 잘 하는 것 같아 주눅이 들었다. 특히 플루트를 불던 남학생은 곡을 실수 없이 연주했다. 나는 그것보다 잘할 수 있는데 아쉬웠다. 학예회가 끝나고 해련 선생님이 왔다.

"고생 많았다. 백 번도 더 연습한 것 같은데 그 정도는 해야지? 오늘부터 연주곡 연습 들어간다."

잘했다는 칭찬 한 마디 없다. 그래도 난 선생님이 칭찬을 그런 식으로 표현하는 걸 알고 있다. 난 선생님을 따라 일어섰다.

"아빠는 인제 집에 갈 테니 수업 잘 하고 와라."

"아빠, 오늘은 일찍 끝내달라고 할 테니까요, 맛난 거 해주세요."

아빠는 날 꼭 안아주고 강당 밖으로 나갔다. 선생님이 얼른 오라는 눈짓을 해 빨리 걸었다. 오늘은 다행히 네 시에 끝났다. 기분이 좋았다.

"저 오늘 연주 어땠어요?"

"모두들 넋을 잃고 듣던데. 근데 집에서 네가 연습한 곡보다는 쉬운 곡이던데?"

"해련 선생님은 제가 그런 곡 연습하는 줄 모르세요. 아직 단계가 안 됐다고 가르쳐주시지도 않거든요."

"선생님도 무슨 생각이 있으셔서 그러겠지."

아빠와 이야기를 나누느라 오늘은 집에서 하는 연습도 쉬었다. 아빠와 밤새도록 이야기하고 싶은 밤이었다.

이제 주어지는 어떤 곡도 수월하게 연주했다. 해련 선생님도 연주에 대한 잔소리를 늘어놓지 않았다. 하지만 내가 연주하고 싶은 곡들은 연습시키지 않았다. 하루는 선생님께 물었다.

"선생님, 저 가곡 다 한 지 오랜데 왜 아직도 뻐꾸기만 해요? 저도 클래식 같은 거 하면 안 돼요?"

선생님은 발끈 화를 냈다.

"네가 뭔 실력으로 클래식 곡을 연주해? 그렇게 자신 있으면 대회 나가 봐. 넌 바로 떨어져. 네가 시작한 지 얼마나 됐다고 클래식은 클래식."

선생님은 혀를 차면서 핸드폰을 꺼냈다. 그러고 보니 선생님이 클래식을 켜는 것을 본 일이 없다. 내게 가르치지 않으니 켤 일도 없는가보다.

오늘도 선생님은 휴대폰을 틱틱거리고 있다. 나는 선생님이 고개 좀 들어줬으면 했다. 연습도 다 끝냈고 가야 할 시간이 됐기 때문이다. 선생님이 고개를 들었다.

"나 내일 서울 간다."

난 깜짝 놀라 눈을 크게 떴다.

"예? 왜요?"

"나는 봉사활동 선생님이니까 기간이 끝나면 가야 돼. 다른 선생님 오니까 연습 계속 해라."

난 무슨 말을 해야 할지 몰라서 안절부절못했다. 선생님은 잠시 가만히 있더니 이제 가라고 했다. 어색해진 분위기에 마음 한편이 멍해졌다. 돌아오면서 생각하니 그동안 고마웠다는 말씀도 드리지 못했다. 살갑지는 않았지만 내게 바이올린과 처음 만나게 해준 선생님인데 그냥 헤어지는 게 섭섭했다.

해련 선생님이 떠나고 알 수 없는 허전함이 생겼다. 난 빨리 다른 선생님이 왔으면 좋겠다는 생각을 했다. 그리고 선생님이 오면, 봉사활동으로 하는 선생님이 아닌 정말 바이올린을 잘 켜는 선생님이 왔으면 좋겠다.

어느 날이었다.

"달이야, 새 선생님이 오셨단다. 좋지?"

오랜 기다림 끝에 온 연락에 기뻤다. 그동안 씨디를 또 한 장 듣고 따라 연주하고 있었기 때문에 어느 때보다도 나를 이끌어주실 선생님이 필요하던 때였다. 바이올린에 기름칠을 하고 월요일 날 어울터에 갔다. 3층에 날씬하고 머리가 허리까지 치렁치렁한 여자 한 명이 서 있었다.

"네가 달이니? 정말 예쁘게 생겼구나!"

산뜻한 목소리로 말을 건네는 여자는 활짝 웃으며 손을 내밀었다. 나도 엉겁결에 악수를 했다.

"안녕하세요?"

"난 임유리야. 그냥 유리쌤이라 부르렴."

이름이 또르르 굴러간다. 왠지 기분 좋은 일만 생길 것 같다. 유리 선생님을 따라 306호로 들어갔다. 유리 선생님은 보면대 펴는 것을 돕고 바로 수업에 들어갔다. 선생님이 얼굴만큼 상냥하게 바이올린을 가르칠 줄 알았지만 수업에 들어가니 눈빛이 180도 달라졌다. 해련 선생님 못지않게 냉정했다. 약간만 음이 틀려도 "다시!" 하고 말했다. 정신을 바짝 차리고 연습곡을 연주했다. 천천히 연주를 끝내고 눈을 떴다. 선생님은 골똘히 생각을 하고 있었다.

"······ 왜 해련이는 그렇게 말했지?"

"네?"

선생님은 고개를 들더니 아무것도 아니라며 연주를 참 잘한다고 칭찬했다. 바로 다음 연습곡도 그 다음 연습곡도 선생님이 지적 없이 통과했다. 어느 날은 용기를 내어 선생님께 말했다.

"선생님, 저······ 제가 집에서 연습한 곡 연주해도 될까요."

"물론, 좋지. 한 번 해보렴."

선생님은 기대하듯 나를 부드러운 눈빛으로 바라보았다. 나는 밤마다 듣고 따라 연습했던 곡 중의 한 곡을 연주했다. 그 곡이 무엇인지, 작곡가도 모르고 악보도 본 적이 없다. 다만 들리는 대로 기억해서 연주하는 것뿐이었다. 연주가 끝나자 선생님이 물었다.

"오, 정말 대단하구나! 이 곡은 어디에서 배웠니? 해련 선생님이나 내가 가르쳐준 것은 아닐 텐데. 참 훌륭하게 연주하는데?"

"아빠께서 사주신 씨디를 듣고 따라한 것뿐이에요."

"그렇다면 달아, 넌 절대음감을 가진 거야. 이건 타고난 거란다."

나는 선생님의 칭찬이 쑥스러워서 웃었다. 그 다음 날부터 내 곡의 진도는 훌쩍 뛰어넘었다. 이제 유리 선생님과는 한 곡 한 곡을 떼는 것보다는 음악 이론과 음악 감상, 그리고 작곡가에 대한 공부를 더 많이 했다. 연습은 선생님과 공부한 악보로 집에서 충분히 연습했다. 무슨 곡인지 전혀 모른 상태로 내 상상만으로 해석해 따라 연주했던 것과, 그 곡에 얽힌 이야기, 작곡가의 삶을 알고 다시 듣는 음악은 느낌이 또 달랐다. 그렇게 내가 아무것도 모르고 따라한 음과 선생님과 공부하고 악보를 보며 연주하는 것이 날마다 새로운 친구를 만나는 것처럼 즐거운 일이었다.

6학년 학예회가 다가왔다. 한 번 겪어본 기다림이라 그다지 긴장되지는 않았다. 이번 곡은 내가 선택한 'G선상의 아리아'이다. 아빠는 날 믿는다며 일을 나가셨으니 더 잘해야겠다고 마음먹고 무대에 올라갔다. 숨을 힘있게 들이쉬어 자세를 잡고 연주를 시작했다. 강당에 맑고 고요한 바이올린 소리가 울려 퍼졌다. 손에 땀이 났다. 그러나 강당에 모인 학생들이 웅성거리지도 않고 연주를 듣고 있었다. 연주가 끝나자 곧 박수소리가 요란하게 들렸다. 뿌듯한 기운이 온 몸을 감쌌다. 인사를 몇 번이나 했다. 유리 선생님과 무대에서 내려오자마자 손을 마주잡고 팔짝팔짝 뛰었다.

"와, 정말 잘 했어! 실수 하나 없이, 정말 잘했어."

난 이렇게 잘한 나에게 음료수 한 잔만 사 달라며 능

청을 부렸다. 선생님은 장난스럽게 머리를 쥐어박고 자판기에 섰다. 같이 음료수를 홀짝홀짝 마시며 무대 옆 의자에 앉아 이야기를 나누었다.

"우리 언제 한 번 야외수업 할까? 기분도 좋고 능률도 팍팍 오르겠지?"

유리 선생님이 밝게 제안했다. 난 꼭 그 약속 지켜야 한다고 손가락을 걸었다. 유리 선생님 옆에 있으면 기분이 참 좋다.

주말에는 어울터에 가지 않는다. 하지만 오늘이 야외수업하는 날이다. 나는 마을을 벗어나 공원으로 향했다. 유리 선생님이 큰 쇼핑백을 들고 기다리고 있었다. 좀 작은 공원이라 몇몇 어르신들만 운동을 하고 있었다. 벤치에 앉아 준비를 하고 바이올린 활을 켰다. 오전이라 사람들이 별로 없었지만 음악이 몇 곡 이어지자 점점 늘어났다. 처음엔 사람들이 지켜봐 연주하기 부끄러웠다. 그래도 음악에 몰입하면서 자연스럽게 연주를 할 수 있었다. 연주가 끝나면 여기저기서 박수소리가 들렸다. 마지막 연습이 끝나고 바이올린을 정리하는데 한 아주머니께서 뻥튀기 한 봉지를 쥐어 주었다.

"이쁘게 잘 했응께 주는 거다잉?"

"예? 고맙습니다. 잘 먹을게요."

아주머니는 흐뭇하게 웃으며 지나갔다. 유리 선생님

은 내 머리를 쓰다듬고 차로 갔다. 앞으로 이런 야외수업을 많이 했으면 좋겠다. 사람들 앞에서 공연하다 보면 담력이 세질 것 같다. 그리고 뻥튀기 파는 아주머니나 할아버지 할머니들처럼 클래식 연주를 들을 기회가 없는 분들을 위해 공연하는 것도 좋은 일 같다. 그러기 위해 다음에는 야외수업 나오려면 연습을 좀 더 많이 해야겠다.

# 7.
## 첫 번째 대회

이제 어울터는 취미 생활을 즐기는 곳이 되었다. 하지만 한가롭게 심심한 연주만 할 수는 없었다. 나만 듣고 있는 음악이 세상에서 제일 재미없는 음악이다. 어울터에서 바이올린 현을 문지르며 늘어지게 하품하다 선생님 얼굴을 쳐다봤다. 선생님은 내 표정을 읽었는지 골똘히 생각하며 눈을 반짝거렸다.

"대회가 열리는데 한 번 나가볼래?"

난 당연히 고개를 끄덕였다. 무대에 서는 것은 설레는 것이다. 대회는 경험을 쌓을뿐더러 내 실력도 알 수 있어서 일석이조다. 얼른 선생님에게 어떤 곡으로 나가면 좋겠는지 물어보았다.

"아, 그러게? 지정곡이 아니고 자유곡이니까…… 내 연주곡 모음집 한 번 보자."

난 서랍에서 두꺼운 연주곡 모음집들을 꺼냈다. 펼쳐 보는 것마다 검고 파란 글씨들이 덕지덕지 붙어 있었다. 날렵한 글씨로 '강하게, 여리게, 감정을 실어서'와 같은 표시들이 씌어 있었다. 선생님도 예전에는 이렇게 열심히 연습했구나 생각하며 선생님 얼굴을 다시 쳐다보았다.

"음, 어디 보자. 이거 어때?"

드보르작의 유모레스크. 보통 피아노로 많이 연주하는 것으로 알고 있는데 바이올린으로 연주한다니 한 번 도전해보고 싶다. 선생님의 연주를 들어보고 해 보겠다고 했다. 선생님은 오래 전에 연주해서 손이 많이 굳었다고 잘 연주할 수 있을지 걱정했다. 하지만 선생님의 손은 자유자재로 움직였고 선율은 감미로웠다. 유모레스크를 대회 곡으로 정하고 열심히 연습했다. 삼 주일 정도의 연습시간은 그다지 충분하지 않았다. 그래서 주중, 주말 가리지 않고 연습에 몰두했다. 하루는 바이올린에 코피가 뚝 떨어졌다. 바이올린에 핏물이 들까봐 빡빡 문질러 닦는 것을 보고 아빠는 걱정스럽게 말했다.

"달이야, 바이올린이 대수냐, 네 코가 문제지. 좀 쉬었다 해라."

"걱정 마세요! 제 코는 강철 코인데 오늘만 엄살 부리는 거라니깐요?"

장난으로 넘기려 해도 아빠는 걱정하는 눈치였다. 난 아빠가 속상한 게 싫어서 바이올린을 정리했다. 하지만 온통 내 머릿속은 음표가 차지했고 서 있어도 누워 있어도 활과 음표 자리가 따라다녔다. 유모레스크는 나와 한 몸이 되어 놀았다. 연주자는 바로 나, 유모레스크를 무한 반복으로 연주한다. 꿈에서 내 연주는 대성공이었다.

대회 날이다. 학교가 끝나자마자 바로 대회장으로 갔다. 유리 선생님과 아빠가 차에서 기다리고 있었다. 대회장은 광역시였다. 차가 막혀 늦으면 순서를 못 정하기 때문에 서둘러 가야 했다. 차 속에서 마음속으로 기도를 했다.

'내 첫 대회다! 최선을 다해서 멋진 곡을 선보여야지. 바올아, 오늘은 네가 주인공이다.'

바올은 내 바이올린의 이름이다. 입이 자연스럽게 오므라지는 이름이라 내가 지었어도 마음에 든다. 바올의 허리를 부드럽게 감싸 안고 대회장에 들어섰다. 사람들은 상상 이상으로 많았다. 자리에 꽉 찬 사람들로 공연장은 시끄러웠다. 번호를 뽑고 대기석에 앉아 차례를 기다렸다. 이건 학예회와 비교도 되지 않게 긴장됐다. 다리뿐만 아니라 몸까지 부르르 떨렸다. 난 자신 있다, 난 잘한다고 암시를 하고 내 바로 앞 사람의 연주를 들었다. 프로처럼 부드럽게 연주한다. 실수는 없었지만 음악에 표정이 없었다. 아무런 감정없는 곡이었다. 그 모습을 보니 잘하고 싶은 마음에 더 긴장이 됐다. 내가 연주한 곡은 내 색을 입힌 곡이 될 것이다. 마음을 가다듬고 연주를 시작했다. 관중석의 모든 잡음을 몰아내고 오로지 바올이 내는 목소리에만 집중했다. 연주자는 악기와 따로 놀면 안 된다. 손가락 하나하나에 정신을 집중하고 활을 놀렸다. 내가 무슨 표정을 짓는지, 심지어 무얼 하는지 잊은 채 바올과 하나가 되었다. 곡의 절정까지 왔다. 발가락을 오므리며 손의 모든 힘을 한 곳에 집중했다. 이제 내 이끔에 따라 바올이 최대한 목소리를 끌어올려주면 된다. 그런데 그 때, 관중석에서 아이의 울음이 터졌다. 거슬렸다. 바올이 주춤하는 게 느껴졌다. 나는 다시 발가락에 힘을 모았다. 그러나 힘의 방향이 틀어졌고 고음 부분에서 음이 갈라졌다. 가슴이 철렁 내려앉았다. 온몸에 힘이 빠졌다. 다시 다리가 떨리기 시작했다. 힘겹게 연주를 끝내고 무대에서 내려왔다.

"달이야, 정말 잘 했어."

"그래, 연습 시간도 별로 없었는데, 이 정도면 충분한 거야."

충분하기만 했고 내 능력을 모두 채워서 발산하지는 못 했다. 난 충분한 걸 원하지 않는다. 바올이 내는 최고의 목소리를 놓쳐 아쉬웠다. 한 번 더 연주하면 완벽하게 해낼 수 있을 것 같았다. 하지만 기회는 한 번이다. 눈물이 스멀스멀 흘러 내렸다. 어디쯤에서 소홀했는지 돌아보았다. 이미 능숙하게 다룰 줄 아는 곡이라고 여러 상황에서 연습해보지는 않았다. 같은 곡을 연습하는 것보다 새로운 곡이 더 좋았던 게 사실이다. 대회 결과는 그 날 발표되지만 전혀 기대되지 않았다. 유리 선생님과 아빠는 약간의 희망이라도 걸었지만 난 순위에 들지도 않았다. 자만심이 이렇게 무서운 것이란 것 깨달았다. 눈물이 흘러 나왔다. 상을 받지 않아서가 아니라 내 자신이 부끄러웠기 때문이다. 연습곡을 수백 번씩 연습하는 것은 어떠한 실수도 하지 않기 위한 기초체력 같은 것이었다. 그 과정을 소홀히 하고 새로운 곡만 도전하려 했던 것이 어리석었다는 것을 깨달았다.

난 바이올린에 대한 사랑과 다르게 집중력이 떨어진다. 그래서 유리 선생님과 특별 훈련에 들어갔다. 가볍게 가곡 연주가 끝나면 베토벤의 연주곡을 시끄러운 곳에서 연주하는 것이다. 컴퓨터 자판 소리에서부터 시장 소리, 심지어 전쟁터에서 나는 소리를 틀어놓고 연주를 했다. 유리 선생님이 인터넷에서 찾은 소리들이다. 처음엔 컴퓨터 자판 소리에도 음이 흔들렸지만 점점 다른 소리가 들리지 않았다. 내가 폭탄 터지는 소리에서도 흔들림 없이 연주했을 때 이미 음악소리와 나는 하나였다. 이제는 아무 때나 아무 곳에서도 바이올린을 켜는 순간부터 다른 소리는 차단할 수 있었다. 음악이 아닌 것들은 들리지도 보이지도 않았다. 이런 내 변화가 나조차도 믿기지 않았다. 이제 어디에서도 연주할 수 있다.

두 번째 대회 날이 왔다. 대여한 원피스를 입고 대회장에 갔다. 광역시 대회보다 조금 큰 규모였다. 몇백 명이 넘는 사람들 앞에서 연주하는 것은 여간 힘든 일이 아니다. 하지만 이제 긴장하는 약한 나가 아니다. 첫 번째 대회의 부끄러움이 내겐 큰 힘이 되었다. 당당하게 무대에 올라가서 잘 소화해 낼 자신이 있었다. 연주곡은 몬티의 '차르다슈'이다. 중저음이 구슬픈 곡으로 감정몰입이 필요한 곡이다. 천천히 바이올린의 위치를 잡고 연주를 시작했다. 심장이 두근거리며 눈물이 나올 듯한 슬픈 음정이 울려 퍼졌다. 꼭 내 이야기를 연주하는 것 같다. 온몸으로 바올이 내는 소리를 들으니 마치 내 슬픈 마음을 위로받는 것 같다. 후회 없는 연주를 끝마쳤다. 그러나 나는 울고 있었다.

금색 음표로 된 트로피를 들고 집에 돌아왔다. 기분이 좋다. 아직도 사회자가 한 말이 귓가에 맴돈다.

"대상은…… 몬티의 차르다슈를 연주한 이 달! 모든 심사위원들이 만장일치로 뽑은 최초의 대상 수상자입니다. 곡을 해석하는 능력이 뛰어나고 분위기를 훌륭하게 살린 연주로 칭찬을 아끼지 않았습니다."

그 말을 떠올릴 때마다 나는 웃음이 나온다. 공연장이 떠나갈 것 같은 박수를 받으며 다시 연주한 차르다슈는 내 생의 첫 대상 수상 곡으로 잊지 못 할 것이다. 바올도 나도 자랑스러운 행복한 밤이다.

# 8.
## 헝가리 무곡

자신이 붙어 대회에 나가는 족족 상을 탔다. 지역신문에 최연소, 최다 대상 수상자라고 조그맣게 실리기도 했다. 마을 어른과 마주치면 처음 본 아저씨도 "어, 달이구나?"하며 알은체를 했다. 동네 꼬마 애들도 달이 누나, 언니라며 졸졸 따라다녔다. 처음엔 내가 마을에서 유명해진 게 기뻤다. 하지만 점점 부담스러워졌다. 초등학교 육학년 아이가 남녀노소 구분 없이 관심을 받으니, 내성적인 나로서는 불편했다. 너무 많은 관심은 내게 부담이었고 바이올린 연습하는 데에도 방해가 됐다. 답답해진 나는 포스터를 만들어 마을 정자나무에 붙여놓았다.

'멋진 바이올리니스트가 될 달이는 자유로워야 연주할 수 있어요.'

내가 바이올린을 연주하는 사진을 붙여놓고 그 옆에 내가 연주에 집중을 못 하는 사진도 붙였다. 큼직하게 쓴 글씨는 멀리서도 꽤 잘 보였다. 비에 젖지 않도록 투명 비닐을 겉에 붙였다. 그 반짝이는 포스터를 많은 사람들이 보았다. 그 뒤로 난 평소처럼 살 수 있었다. 사람들은 최대한 날 신경 쓰지 않으려 했고 이제 편해졌다. 특별한 것도 좋지만 평범하게 사는 것이 더 좋다. 특별하면 나를 숨겨야 한다.

어울터에서 '꿀벌들의 비행'을 연주하고 있었다. 그때, 유리 선생님에게 전화가 걸려왔다. 난 연주를 멈췄다.

"아, 예. 네. 여기 달이 있어요. 네? 한 번 만나보고 싶다고요? 아, 알겠습니다."

선생님은 긴장하고 있었다. 선생님이 무슨 말을 할지 기다렸다.

"다, 달이야. 그게, 유명한 바이올리니스트가 널 만나고 싶대!"

난 입이 벌어졌다. 처음엔 믿을 수 없어서 "에이, 설마." 하고 연습을 계속 하려 했지만 선생님의 표정은 거짓이 하나도 없었다. 난 둥둥 뜨는 느낌이었다. 이 좋은 소식을 얼른 아빠에게 말했다.

"우와, 우리 달이 좋겠네. 당연히 가야지. 이런 기회가 흔하니 어디."

아빠는 바이올리니스트와 만나게 된 나를 정말 축하해주었다. 일주일 후에 만나기로 했다. 그 날은 여느 대회와 달랐다. 늦게 가면 어쩌지, 연주가 분이 내 연주가 이상하다고 하면 어쩌지 하는 별 생각을 다 했다. 아빠는 함께 가지 못한다고 해서 서운했지만 진짜 바이올리니스트를 만난다니 설렜다. 네 시간 동안 차를 타고 서울에 도착했다. 문화센터 같은 큰 건물이 바이올리니스트의 것이라니 또 한 번 놀랐다. 자동문과 큰 홀에 걸린 여러 개의 바이올린이 눈에 들어왔다. 그 바이올린은 오래돼 보였고 내 바올과는 비교할 수 없는 품격이 느껴졌다. 모든 게 신기했다. 문화홀은 여러 개의 방이 있었는데 그중에는 녹음실도 있었다. 잡음을 잡아내는 첨단 음향기기와 마음놓고 연습을 할 수 있는 방음 연주실이 부러웠다. 엘리베이터는 밖을 내다볼 수 있어 탈 때마다 가슴이 울렁거렸다. 연주가가 있는 5층에 다다르고 바이올린 수염문양이 새겨진 문을 열었다. 안경을 쓴 친근해 보이는 한 남자가 책을 읽고 있었다. 입이 굳은 나는 말을 꺼낼 수 없었다. 마음은 큰절이라도 하고 싶었지만 90도로 정중하게 인사했다. 유리 선생님이 피식 웃는 소리가 들렸다. 머뭇거리며 소파에 앉았다.

"네 이름이 달이니? 이름이 고와서 잊지 않고 있었다."

오페라 가수 같은 목소리가 굵직하게 울렸다. 나는 고개를 끄덕였다.

"네가 바이올린을 잘 연주한다고 들었어. 내 앞에서 연주 해 줄래?"

"네."

난 각오를 하고 왔지만 대회 때보다 더 떨렸다. 전문

연주자 앞에서 나는 그냥 바이올린을 켤 줄 아는 아이일 뿐이다. 잘 한다고 여기까지 불려왔는데 작은 실수라도 하기 싫었다. 나는 바올을 가볍게 쓰다듬었다. 내가 가장 자신 있는 차르다슈를 연주했다. 음악이 울리는 동안에는 모두가 심각했다. 무사히 연주를 마쳤다. 바이올리니스트는 알 수 없는 표정을 지었다. 실망한 표정인지 흡족한 표정이지 구별할 수 없었다. 마침내 그가 입을 열었다.

"오! 맙소사!"

난 그 말이 무슨 뜻인지 몰랐다. 내가 연주할 때 실수를 했나. 가슴이 내려앉았다. 그가 이어 말했다.

"이, 이런 연주는 처음이야! 어린 아이가 이런 소리를 낼 수 있다니."

나는 숨을 크게 들이쉬었다. 내 연주가 전문가에게도 훌륭하게 들린다는 게 믿기지 않았다. 난 허벅지를 꼬집어보았다. 얼얼했다. 꿈이 아니다. 그래도 꿈만 같아서 큰 소리로 웃고 싶었다. 그는 만족하듯 껄껄거리며 말했다.

"하! 하! 놀랬나 보구나. 난 네 연주가 마음에 들어. 많은 사람들에게 들려주고 싶을 정도로. 그래서 말인데, 네가 공연을 해보는 건 어떻겠니? 녹화된 대회연주를 듣고 놀랐는데 직접 들으니 더 대단하구나."

난 얼굴이 빨갛게 달아오르는 걸 느꼈다. 개인 공연이라니 내가 상상했던 꿈이 너무 빨리 온 것 같다. 난 순식간에 여러 생각을 하고 입을 열었다.

"그런데 공연은 연주곡을 많이 알아야 하는 게 아닌가요?"

"그럼! 넌 많은 곡을 배울 수 있잖니? 넌 충분히 할 수 있어."

"하지만 어떻게 준비하죠? 곡 선정은 어떻게 할지 계획하셨나요?"

유리 선생님이 처음으로 말했다. 바이올리니스트는 당연히 준비했다며 목록을 보여주었다. 내가 들어보지도 못한 곡들이 많았는데 차르다슈가 맨 처음에 있었다.

"네가 차르다슈를 잘 연주한다고 해서 넣었단다."

난 악보를 찬찬히 뜯어보았다. 다들 어려워 보였다. 연주 시간이 모두 10분은 넘었다. 바이올리니스트는 가만히 생각을 하다가 입을 열었다.

"선생님, 제가 달이를 직접 지도하고 싶네요. 괜찮으시겠어요?"

바이올리니스트의 제안에 선생님도 나도 깜짝 놀랐다. 선생님은 기쁘게 답했다.

"네. 김 선생님께서 달이를 지도해 주신다면 제겐 큰 영광입니다. 제 제자가 김 선생님처럼 훌륭한 분의 지도를 받을 수 있다면 제가 지도하는 것보다 훨씬 더 훌륭한 연주를 할 텐데요. 그러나 달이 아버지께서 허락하실지……."

"제가 달이 아버님께는 미리 말씀 드렸습니다."

"잘됐군요. 그럼, 달이는 어디에서 지내게 되나요?"

"이 건물에서 지내면 됩니다. 방도 있고 연습실이며 음악 감상실이 모두 갖춰져 있으니 달이에게 큰 도움이 될 것입니다."

이곳에서 연습하고 생활한다니 가슴이 두근거렸다. 내가 유명한 바이올리니스트의 제자가 된다니 자랑스러웠다. 하지만 정든 유리 선생님과 헤어지게 된다. 게다가 가족이라고는 나 하나밖에 없는 아빠를 떠나야 하니 마음 한 쪽이 무거웠다. 그 때 집을 나설 때 아빠가 해준 이야기가 떠올랐다. '실력을 쌓으려면 변화를 두려워하지 말아야 한다. 네가 원하는 것에 최대한 가까이 가라.'는 말씀이었다. 왜 그런 말씀을 하셨는지 이제 알겠다.

이제 나는 김웅수 선생님의 제자가 된다. 고창에 도착하고 나니 기진맥진했다.

"아빠, 저 그 바이올리니스트 선생님 제자가 된대요."

"알고 있다. 우리 달이도 곧 그분처럼 훌륭한 바이올리니스트가 되겠구나."

"아빠, 저 열심히 연습해서 개인연주회 성공할게요. 그 때 꼭 서울 오셔야 해요. 그 때까지 밥 거르지 말고 꼭 챙겨 드세요. 알겠죠?"

아빠는 날 꼭 안아주었다. 몸은 물 먹은 솜처럼 가라앉았지만 마음은 새로운 기대로 부풀어 올랐다. 다음 날 나는 짐을 챙겨 유리 선생님과 다시 서울에 올라왔다. 아빠의 건강이 나빠져 이번에도 유리 선생님이 신세를 졌다. 이 고마움을 멋진 연주회로 갚아드릴 것이다. 그리고 나의 강행군은 시작됐다.

"저기, 공연은 언제로 결정됐나요?"

"시월 삼일에 하기로 했어. 세 달 정도 남았으니까 충분하지? 그리고 '저기'라고 하지 말고 편하게 응쌤이라고 하든가, 응가쌤이라고 하든가 해?"

난 피식 웃었다. 오페라 가수같은 목소리와 중후한 외모와는 전혀 맞지 않는 별명이기 때문이다. 나는 '응가쌤'이 더 좋았다.

연주곡을 완전히 소화하는 데 두 달이 지났다. 그 다음은 수없는 반복이었다. 아침에 일어나 밥을 먹고 네 시가 될 때까지 연습에 몰입했다. 늦은 점심을 먹고 음악 감상실에서 한 시간 동안 쉬었다. 편한 자세로 세계 거장들이 연주한 곡들을 감상했다. 모두 내가 연주할 곡들이었다. 그 휴식시간이 끝나면 다시 새벽까지 연습에 들어갔다. 손가락마다 굳은살이 박혔다. 살도 빠졌다. 가끔씩 힘들 때는 집에 전화해 아빠의 목소리를 들었다. 시월이 되기 전까지 나는 그렇게 꼬박 석 달을 한 건물에서 나오지 않았다. 막바지에 들어 내 연주를 녹음해 세계 거장들의 연주와 비교하며 들었다. 어떤 것이 부족한지 체크하고 부족한 부분은 다시 연습했다. 공연 이틀 전, 공연장에서 리허설을 마치고 응수 선생님이 고기를 사주었다. 긴장을 풀고 힘내라는 격려였다. 나 못지않게 응수 선생님도 긴장하고 있는 듯 보였다. 공연 하루 전 시골에서 아빠와 유리 선생님이 올라왔다. 나는 마음이 흐트러지지 않도록 전화통화만 하고 공연이 끝나면 만나기로 했다. 그날 밤 나는 공연 곡을 틀어놓고 따뜻한 물에 몸을 담갔다. 긴장한 몸과 마음을 풀고 깊이 잠들기 위해서였다.

날이 밝았다. 응수 선생님이 준 드레스를 입고 바이올린을 손질했다. 공연장은 지금까지 내가 선 어떤 곳보다 그 규모가 웅장했다. 마치 영화에서 보았던 파리넬레의 공연장 같았다. 이 큰 무대에 오케스트라마저 없다면 무서웠을 것이다. 세 시간 전부터 리허설을 했다. 리허설을 하는 내내 긴장이 되었다. 관객들이 입장하기 시작했다. 무대 뒤에서 나는 초조하게 손을 맞잡고 있었다. 긴장하면 어깨근육이 뭉치기 때문에 긴장하지 않으려고 계속해서 녹음 시디를 들었다. 유리 선생님이 대기실로 찾아와 어깨를 마사지해 주었다. 마지막으로 화장실에 다녀왔다.

"달아, 아빠는 맨 앞자리 중앙에 앉아 계셔. 널 지켜보시고 계실 테니 힘내서 씩씩하게 잘 해야 해."

유리 선생님의 목소리는 잠겨서 드문드문 끊겼다. 선생님까지 긴장한 모양이라고 생각했다. 그런데 뭔가 불안해 왔다 갔다 하는 모습이 평소의 차분한 모습과는 달랐다. 커튼을 살짝 열고 관객들을 확인했다. 객석을 메운 관객들 속에서 아빠를 찾았다. 오늘따라 아빠 얼굴이 마른 쑥대처럼 보였다. 난 조명 때문이라고 생각하고 마지막 연주곡인 '헝가리 무곡'을 다시 한 번 확인했다. 기교가 많아 화려한 만큼 조금이라도 흔들리면 실수하기 쉬운 곡이다. 원래 피아노곡이었지만 웅수 선생님이 바이올린용으로 리메이크해 더 의미가 깊은 곡이다. 그 때 자리로 돌아갔던 유리 선생님이 성급하게 나를 불렀다.

"달아! 달아! 큰일 났어! 빨리!"

난 벌떡 일어나 선생님 쪽으로 달려갔다.

"왜 그러세요?"

"아빠가 말하지 말라고 하셨는데, 어제부터 정신을 자꾸 놓으신다. 병원에 가자고 했는데도 네 공연을 봐야 한다고 저렇게 우기시더니……."

쓰러진 아빠 주위에 사람들이 몰려 웅성거렸다. 아빠의 어깨를 흔들며 소리쳤다.

"아빠! 달이에요. 일어나세요. 제발 눈 좀 떠 보세요!"

밖에서 구급차 사이렌 소리가 들렸다. 몇몇 사람들이 아빠를 구급차로 싣고 갔다. 나도 가려고 했지만 응가 선생님이 말렸다.

"지금 시간이 얼마 남지 않았어. 아빠는 유리 선생님이 가서 봐 드릴테니 넌 공연 해. 사람들이 기다리고 있잖아. 이런 기회는 다시 오지 않는다."

"하지만……."

목이 메여 말을 할 수가 없었다. 유리 선생님은 자신을 믿으라는 표시로 내 머리를 쓰다듬어주고 구급차에 올라탔다. 난 눈물이 쏟아졌다. 사회자 언니가 꼭 안아주고 얼굴의 화장을 고쳐준 후 무대에 나섰다. 곧 공연이 시작됨을 알리는 박수소리가 터져 나왔다. 난 얼른 눈물을 멈춰야했다.

공연은 시작했다. 차르다슈는 내 대신 울고 있었다. 곡이 정점으로 향할 때는 마치 내 심장이 떨리듯 바이올린이 떨었다. 그 가느다란 떨림이 끝났을 때 사람들의 우레와 같은 박수가 들려왔다. 다음 곡은 빠르고 신나는 곡이었다. 팔에 힘이 빠져 손가락을 빨리 놀리기 힘들었지만 연주에 몰입할수록 다시 힘이 모아지기 시작했다. 마치 새가 이 나무 저 나무 사이를 포르릉거리며 날아가듯 다섯 개의 활기찬 곡을 잇달아 연주하고 1부 공연이 끝났다. 어떻게 시간이 흘렀는지 알 수 없었다. 대기실에 앉아 바이올린 현을 만지작거리며 멍하니 앉아있었다. 사회자 언니가 장내 안내를 하고 대기실로 들어왔다.

"괜찮아?"

"네…… 괜찮아요. 조금 집중이 안 될 뿐이에요."

"아빠는 괜찮으실 거야. 힘 내! 공연 다 마치고 나랑 아빠한테 가자. 공연을 잘 해야 아빠가 기뻐하시지."

난 언니의 위로에 힘을 얻었다. 항상 긍정적인 언니는 아나운서가 꿈이다. 꼭 언니가 그 꿈을 이루었으면 좋겠다. 다정한 그 목소리로 많은 사람을 위로해줄 것이다. 언니의 목소리가 2부의 시작을 알렸다. 난 심호흡을 하고 미소를 지으며 무대에 올라섰다.

빠른 곡, 느린 곡, 경쾌한 곡, 슬픈 곡 모두 수월하게 지나갔다. 차르다슈에서 뿜어낸 감정이 마음을 진정시키는 데 도움이 됐나보다. 나도 모르게 휘청거리던 마음이 고요하게 가라앉고 표현하고 싶은 대로 연주할 수 있었다. 이제 '헝가리 무곡'만이 남았다. 징크스가 떠올랐다. '헝가리 무곡'은 음이 마치 춤추는 사춘기 소녀처럼 심하게 변덕을 부려 연주할 때마다 왼손가락이 아프다.

굳은살이 박힐 때나 통증이 심할 때나 모두 현의 떨림을
제대로 느낄 수 없는 것은 마찬가지다. 나는 두 손을 최
대한 비벼 마사지한 후 다시 무대에 올랐다. 불이 들어오
고 활을 바로 잡았다. 조명 때문에 관중의 눈을 바라볼
수 없었지만 마치 보이는 듯 천천히 둘러보았다. 신중하
게 활을 바이올린 현에 대었다. 그렇게 난 '헝가리 무곡'
과 한 몸이 되었다. 다음 음이 무엇인지 생각할 필요 없
이 연주는 자연스럽게 진행됐다. 솔직히 내가 무슨 곡을
연주하는지, 어떻게 연주를 하고 있는지 느낄 수 없었다.
난 그저 내 모든 정신을 손가락의 춤에 맡겼다. 그 춤은
우아하면서도 노련했다. 음악과 함께 휘돌며 따뜻한 햇
살처럼 흘러나오는 고음부분에선 눈물이 흘러나왔다.
비장한 음이 끝나면 두 눈을 꼭 감고 애절한 부분으로 넘
어갔다. 지금껏 지내온 순간이 스치고 있었다. 보고 싶
은 별이 오빠, 그리고 엄마, 사랑하는 아빠, 진돌이, 그리
고 이모…… 난 이들을 사랑한다. 마지막 짧은 음을 힘차
게 튕겼다. 마치 무희의 발끝이 공중으로 튀듯. 속이 후
련했다.

　박수소리가 멈추질 않는다. 나는 커튼콜을 두 번 했
다. 그리고 사그라지지 않는 박수에 보답하기 위해 마이
크를 잡았다. 연주자가 아무 말도 안 하고 연주만 하면
서운하다면서 마지막에 인사말을 넣자는 게 응수 선생

님의 생각이었다.

"고맙습니다. 전 이 달입니다. 아직 초등학교 육학년이고 바이올린은 이제 일 년 반 정도 했습니다. 저에게 바이올린은 스트레스 해소제이며 웃음이며, 제 삶의 한 조각입니다. 얘 이름은 바올인데, 아빠 다음으로 사랑합니다. 바올보다 사랑하는 아빠가 공연 시작할 때 실려 가신 그 분입니다. 아빠가 빨리 건강해지시길 바랍니다……."

박수소리를 뒤로 하고 무대에서 내려왔다. 조명등 밑에서 바올은 유난히 반짝거렸다. 난 바올을 품에 안고 건물 뒤로 빠져나왔다. 그 곳에서 사회자 언니가 미리 기다리고 있었다.

# 9.
## 인터뷰

헐레벌떡 아빠 병실로 찾아갔다. 응수 선생님이 아빠를 간호하고 있었다. 아빠는 산소 호흡기를 쓰고 고통스러운 표정으로 누워 있었다.

"아빠, 괜찮아요? 눈 좀 떠봐요. 달이가 왔어요."

아빠는 달이라는 소리에 눈을 살며시 떴다. 아빠의 눈은 충혈 돼 보기 안쓰러웠다. 아빠는 간신히 입을 열었다.

"다……달이…….''

"예? 아빠? 뭐라구요? 좀 더 크게 말해주세요."

아빠는 아주 천천히 말을 했다. 목소리가 잠겨 있어서 아빠 얼굴에 귀를 가까이 댔다.

"네 엄마…… 너, 네 살…… 아빠가 운전하던…… 차……교통사고로…… 죽었……이모…… 함께……"

엄마가 죽었다니. 미국에서 공부한다던 엄마가 네 살 때 죽었다니, 하늘이 캄캄해졌다. 순간 왜 그렇게 이모가 아빠를 미워했는지, 정신이 아팠는지 이해가 되었다. 아빠는 숨을 헐떡였다. 손으로 가슴을 치며 신음소리를 냈다. 선생님이 호출 버튼을 누르니 곧 의사와 간호사가 달려왔다. 아빠는 계속 헐떡였다. 아빠의 손을 꼭 잡았다.

"아버지께서 오늘 밤을 넘기기 힘들 것 같습니다. 마음의 정리를 하십시오."

의사가 말했다. 난 믿을 수가 없었다. 방금 전 살아 있는 줄로 알았던 엄마가 돌아가셨다는 걸 들었는데, 이제 또 아빠가 돌아가신다니, 의사 선생님한테 아빠를 살려 달라고 매달렸다. 내게 남은 마지막 가족까지 빼앗아가지 말라고 하느님께 애원했다. 유리 선생님이 나를 안아 주었다. 다시 아빠는 거칠게 숨을 몰아쉬었다. 그리고 말했다.

"옷장 밑에…… 꿈을…… 꼭 이루……"

"아빠, 아빠, 눈 좀 뜨세요. 제발요. 나만 두고 가지 마세요. 엄마도, 오빠도 다 떠났잖아요. 아빠, 저도 데리고 가세요. 무서워요, 아빠!"

도저히 이 상황을 믿을 수 없었다. 이게 악몽이고 깨어나면 아빠가 있는 공연장에서 공연을 하고 있을 것 같았다. 하지만 아빠의 숨소리는 점점 거칠어졌다. 나는 침대에 엎드려 펑펑 울었다. 아빠가 일어나길 빌며 아빠를 안았다. 그 때 아빠의 손이 내 등 위로 툭 떨어졌다.

새하얀 천이 아빠의 얼굴을 덮었다. 오빠를 덮었던 천이었다. 오빠는 아빠를 만나 덜 쓸쓸하겠지. 그렇게 생각하니 또 다시 혼자 남겨진 것에 눈물이 흘렀다. 이제 내 가족은 사진 속에서만 살고 있다. 나를 만질 수도 없이 멀리서 보기만 하는 아빠와 웃으려고 애쓰는 오빠가 있다. 아빠 장례식에서 나는 모든 눈물을 쏟아낸 것 같다. 이제 더 이상 나는 울지 않는다. 그리고 새로운 사실을 알게 되었다. 엄마는 실력 있는 바이올리니스트였다고 한다. 내가 네 살 때, 엄마와 이모를 태우고 공연장으로 향하던 아빠 차가 교통사고를 냈다. 엄마만 돌아가시고 두 분은 무사하셨다. 그 때부터 아빠와 이모 사이는 멀어진 것이었다. 지금은 나도 바이올린 연주를 하지 않는다. 유리 선생님이 집으로 찾아왔다.

"달아, 괜찮아?"

마을 개울물을 따라 천천히 걸으며 선생님이 내 손을 꼭 잡았다. 기운 내려면 산책이라도 해야 한다며 나를 밖으로 끌었다. 애써 미소를 지었다. 별이 오빠가 사라진 시냇가가 보였다. 눈을 감았다. 숨을 쉴 수가 없었다.

"왜 그러니? 왜 그래?"

가끔 병원이나 구급차를 보면 발작이 온다. 유리 선생님도 그 사실을 알고 있었다. 하지만 오빠가 그 곳에 빠진 것을 알 리가 없다.

"아니요, 그냥, 힘들어서요."

나도 이제 연주를 하고 싶다. 하지만 사진 속 아빠와 오빠가 부르는 것 같다. 오늘 선생님과 함께 사진들을 치울까 생각 중이다. 벤치에 앉아 말했다.

"선생님, 웅가 선생님 언제 오신다구요?"

"아마…… 2시간 정도 뒤에 오실 거야. 좀 일이 오래 걸리시나보다."

처음 만날 때부터 지금까지 웅가 선생님에게 미안하고 고맙다. 아빠가 돌아가시고 난 뒤 일처리를 도맡아 해주셨다. '웅가 선생님'이라 부르는 것을 고쳐야겠다. 이제 이 집을 정리하고 난 김 선생님 집으로 완전히 이사한다.

"저랑 집 정리 같이 해요."

"응? 같이? 물론이지."

산책을 끝내고 집에 와 아빠의 나무 동상을 마당에 옮겼다. 마당 구석에 줄을 지어 세우고 보니 꽤 많았다. 위에 비닐을 덮고 사진들을 상자에 모아 그 밑에 넣었다. 그 때 아빠의 마지막 말이 떠올랐다. 방으로 뛰어가 옷장 밑에 손을 넣어 더듬어 보았다. 구석에 낡은 서류 봉투가 있었다. 그 안에는 여자 사진과 악보가 있었다. 새하얀 드레스를 입은 여자가 바이올린을 연주하고 있었다. 나랑 닮은 여자였다. 악보에도 작은 사진이 끼워져 있었다. 활짝 웃는 엄마……. 악보에는 음표가 잘 보이지 않을 정도의 메모가 적혀 있었다. 이제 아무도 없다. 아빠가 남기신 유언만이 힘이었다.

'엄마가 못 다 이룬 꿈을 이루어라.'

엄마의 악보가 아빠의 유물이었다. 엄마의 악보에선 기억에도 없는 엄마의 손길이 느껴졌다. 꼭 어디선가 바이올린 소리가 들려오는 것 같았다. 다른 짐을 챙기고 모두 마당에 내어 놓았다. 두 시간 후면 이제 이 집도 안녕이겠구나. 시간이 지나도 변하지 않으며 좋겠다. 시간은 금방 지났다. 김 선생님 차 트렁크에 짐을 모두 넣고 진돌이를 차에 태웠다. 유리 선생님도 봉사 기간이 끝나 서울에 있는 집으로 가게 되었다. 두 번째로 집과 이별한다. 이번에도 파란 대문이 날 배웅했다. 그래, 잃을 것도 없는 나에겐 얻을 날만 남았다. 기운 차리고 음악에 집중하자. 바올도 날 보고 싶어하겠지. 내가 새로 살 집은 꿈과 함께 할 집이다.

김 선생님의 사무실 침대는 항상 음악 냄새가 난다. 매년 정기적으로 공연을 했다. 해외 공연도 늘었다. 바이올린 독주 음반도 냈다. 슬플 겨를도 없다. 바빠진 내 일정을 잡기 위해 유리 선생님이 매니저이자 언니처럼 나를 돌봐주고 있다. 그렇게 몇 년이 지난 어느 날, 한 기자가 찾아왔다.

"초등학교 때부터 시작한 바이올리니스트 생활이 지겹지는 않나요?"

"연습은 항상 지겨워요. 똑같은 곡을 연습하고 또 연습해야 하니까요. 하지만 지겨움 끝에 오는 결과는 아름다운 선율이에요. 제가 직접 연주한 음악은 제가 작곡하지는 않았어도 저만의 창작품이 되는 거죠. 그것을 찾는 즐거움으로 활에서 손을 떼지 못하는 겁니다."

"바이올리니스트가 꿈인 어린이들에게 한 말씀 해주시죠."

"포기하지 말고 음을 사랑하라고 격려하고 싶어요. 음악이란 온 몸으로 느껴야만 제대로 연주할 수 있거든요. 음악과 한 몸이 되고 싶으면 연주를 하세요. 그것으로 음악과 한 몸이 되어 춤을 추는 것입니다. 어렵다고 포기하지 마세요. 연주를 포기한다는 것은 꿈을 포기하는 것입니다."

인터뷰는 짧게 끝났다. 기자는 고맙다며 사진을 몇 장 찍고 방에서 나갔다.

바올은 닳아서 아예 고물이 됐다. 방 벽에 걸려있는 녀석은 왕년에 인기 많았다며 고개를 살짝 쳐들고 걸려 있다. 새 바이올린은 바올과는 비교도 할 수 없는 가격에 훨씬 건강하고 세련됐지만 바올만큼 정이 가지는 않는다. 내가 바올을 고치지 않는 이유다. 낡아서 고치면 새 몸이 되는 것이기 때문에 고치면 바올이 아니다. 난 바올이 아버지 손에 들려 처음 내게 온 그 모습 그대로를 사랑한다.

금방 데워진 햇살이 바올과 나를 쓰다듬는다. 등에 햇살을 인 해태가 나를 그윽이 쳐다본다. 늙어버린 진돌이도 햇살에 취해 잔다. 오늘도 바이올린을 연주하고픈 날이다. 바이올린 소리가 햇살을 타고 올라가 엄마, 아빠, 오빠에게 닿겠지.

# 1.
## 첫 만남

새벽 6시 30분. 앞 집 감나무 참새소리에 잠이 묻어 있다. 오늘따라 일찍 눈이 떠졌다. 수첩이 보였다.

'아, 맞다! 오늘 개학날이지.'

자리에서 벌떡 일어나 수건을 챙겼다. 수첩에 '일찍 일어나 목욕하기'라고 적어놓았던 것이 기억났기 때문이다. 아빠는 새벽에 출근하기 때문에 거실은 텅 비어있었다. 아빠는 텔레비전이 있는 거실을 쓰신다. 엄마는 방학식 다음 날부터 아침마다 운동을 나갔다. 몸무게를 50kg 이하로 줄이는 게 목표시란다. 아직 자고 있는 오빠들이 깨지 않도록 살금살금 걸어 화장실에 들어갔다. 씻고 나와 보니 7시 10분이었다. 엄마도 운동을 마치고 돌아와 국을 끓이고 있었다. 샤워 뒤의 밥은 맛있었다.

늦고 싶지 않기도 했고, 무슨 이유인지 일찍 가고 싶었다. 급하게 밥을 먹어서 속이 울렁거렸지만 배를 움켜쥐고 버스 정류장까지 뛰어갔다. 하지만 내가 학교에 도착했을 때는 애들이 많이 와 있었다. 학교 홈페이지에 올라온 반 배정표를 보고 새로운 교실에서 개학식을 하기 때문에 같은 반이 된 친한 아이들은 환호성을 지르며 좋아했다. 내가 아는 아이는 보이지 않았다. 맨 뒤쪽 자리에 앉아 멀뚱멀뚱 칠판만 바라보았다. 가끔 누가 들어오는지 문을 바라보기도 했다. 같은 반이었던 아이는 한 명도 오지 않았다.

'분명 올 텐데…….'

그런데 곧 수연이가 들어왔다. 반가워서 일어나 손짓을 했다. 수연이도 반가운 듯 내 손을 잡고 흔들었다.

"으악, 오랜만이야! 반 배정표 봤긴 봤는데 누구랑 같은 반인지는 안 봤어."

"난 너 올지 알았지롱."

조용하던 내 주변이 활기를 찾자마자 선생님이 들어왔다. 우리 학교에 딱 두 명 있는 남자 선생님 중 한 명이었다. 유치원부터 지금까지 여자 선생님만 만나서 그런지 남자 선생님은 낯설었다. 몇몇 키 큰 여자아이들이 술렁거렸다. 어떤 아이는 작은 목소리로 "아, 안녕하세요……." 하고 인사를 했다. 선생님은 고개를 쳐들고 우리들을 둘러볼 뿐 아무 말도 안 하고 있었다. 그리고 헛기침을 했다. 다시 어수선했던 분위기가 조용해지고 선생님이 입을 열었다.

"출석 먼저 부를게요."

모두의 이름을 부르고, 선생님은 다시 입을 다물었다. 그리고 칠판에 글자를 썼다.

"선생님 이름은……"

금방 끝날 줄 알았던 소개는 1교시를 넘어서까지도 계속 이어졌다. 10분이 넘어서자 눈이 점점 감겨왔는데 때마침 한 아이가 들어왔다. 지각생이었다.

"오, 지각생이네. 개학날부터 지각하는 용자시구먼. 첫 날이니까 일단 아무 데나 앉아라."

모든 아이들이 지각생을 쳐다봤다. 여자 아이는 엉거주춤 서 있다가 손짓을 하는 아이 옆자리에 앉았다. 머리가 검고 부드러운 웨이브 파마를 한 여자애였다. 반달 모양의 눈과 살짝 눌린 코, 투박한 입술이 머리와 어울리는 듯했다.

'개학날에 지각하는 애가 다 있네.'

지각생을 한동안 쳐다보다가, 이어지는 선생님의 말씀에 귀를 기울였다. 교실에서 지켜야 할 규칙, 언제나 같은 새 학기 첫 날의 이야기들이 지루하게 이어졌다. 수연이와 나는 졸다가 머리를 부딪치기도 했다. 종이를 찢어 할 말을 쓰기도 하고 그림을 그리기도 했다.

짧지만 길게 느껴졌던 개학식이 끝나고 수연이와 얘기하며 문구점을 지나고 있었다. 그런데 한 여자애가 큰 목소리로 문구점 아저씨에게 화를 내고 있었다.

"아이, 아저씨! 안 그래도 많이 주셨는데, 또 옷에 엎지르시면 어떡해요!"

콜라 맛 슬러시를 든 그 지각생이었다. 아저씨는 겸연쩍게 웃으며 다시 슬러시를 담았다. 여자애는 눈을 내리깔고 슬러시를 받았다. 아저씨는 미안하다면서 슬러시값을 받지 않았다.

'정말 당찬 애구만.'

속으로 생각했다. 난 그 애의 이미지를 머릿속에 콱 박았다. '당찬 지각대장.'

피식 웃으며 수연이와 이야기를 시작했다. 친구와 함께 가면 짧은 길도 마치 동물원에서 솜사탕을 들고 걷는 것처럼, 오래오래 걷게 된다. 학원시간에 맞추려면 친구와 가지 않으려 해도 꼭 같이 가게 된다.

다음 날, 학교에 오자마자 어제 선생님이 키순으로 잡아 준 자리에 앉아 학원 숙제를 했다. 몇 문제 풀고 고개를 들었는데 벌써 아침방송 시작을 알리는 교가가 들렸다. 무심코 뒤를 돌아보니 역시 지각생, 어제 그 애가 뒤에 서 있었다. 고개를 절레절레 흔들며 방송을 들었다. 온통 새 학기에 관한 내용이다. 단축수업을 한다는 내용만 들렸다. 여자애는 꿀밤 한 대 먹고 자리에 앉았다. 이제 곧 새 학기 단골메뉴, 자기소개 시간이 올 것이다. 선생님이 입을 연다.

"우리 새 학년을 시작하고 두 번째 날이죠? 서로를 조금이라도 알기 위해…… 음, 자기소개를 하겠어요."

첫 인상을 잘 남기고 싶어서 공책에다 대충 자기소개할 내용을 정리했다. 키가 작아 앞자리에 앉아서 빨리 정리를 해야 했다.

"잘 들었어요. 다음?"

내 차례는 세상에서 가장 빨리 온다. 난 벌떡 일어나 천천히 말을 꺼냈다. 쓴 건 꽤 많았는데 아무 생각 없이 읽고 보니 빨리 끝났다. 작게 한숨을 쉬고 자리에 앉았다. 또 하나의 학교생활 법칙을 따르면, 내 다음 순서들은 너무 길다는 것이다. 귀 기울여 들으려고 노력했지만 지루해 턱을 괴고 공책에 낙서를 했다.

"모두 다 소개를 했죠? 우리 서로 더 알아간 만큼 친해져야겠죠? 그럼 몇 가지 활동을 할 겁니다. 나누어준……"

첫 날에 선생님 소개 할 때부터 알아봤다. 설문조사 활동을 설명하는데 똑같은 말을 수십 번 반복했다. '못 알아들은 애들을 위해서' 라며 눈을 부릅뜨고 10분여 시간동안 설명을 하는 열정을 보였다. 드디어 설명이 끝나고 아이들이 천천히 일어났다. 난 일어나자마자 수연이 옆으로 갔다.

"누구 할 거야?"

수연이가 하품을 늘어지게 하며 말했다.

"뭐? 아, 모르겠어. 어떻게 처음 보는 애들한테 설문조사를 하지? 이름 아는 얘들도 몇 명 안 되는데. 아이궁야, 여자애들한테나 해 봐야겠지."

난 머뭇거리며 작년에 같은 반이었던 애들한테 갔다. 작년 우리 반은 나까지 합해서 다섯 명뿐이었다. 수연이는 네 명을 조사하고 자리에 앉았다. 수연이도 나랑 같은 반이었으니, 당연히 네 명을 했을 것이다. 용기를 내어 머리카락이 허리까지 오는 여자애에게 말을 걸었다.

"실례지만 이름이 뭐죠?"

난 원래 처음 보는 사람에게 존칭어를 쓴다. 가끔 동생에게도, 알고 있던 사람에게도 존칭어를 쓴다.

"응? 커허…… 시윤."

시윤이는 살짝 부끄럼을 타며 엉거주춤하게 섰다. 난 활짝 웃으며 설문조사를 시작했다. 수연이도 어렵사리 조사를 하고 있었다. 시윤이를 친구로 접수하고 다음 친구를 찾았다. 그런데 '당찬 지각대장' 이 눈에 띄었다.

난 조심조심 다가가 존칭어를 쓰며 말을 걸었다.

"이름이 뭐예요?"

당찬 지각생은 살짝 당황한 눈치였다.

"유빈이야. 한유빈."

당찬 성격과 알맞은 이름 같았다. 유빈이를 친구로 접수하고 설문지가 채워져서 자리에 앉았다. 천천히 종이를 둘러보고 있는데 이상한 점이 있었다. 난 유빈이의 설문조사 종이를 유심히 살펴봤다.

'으잉? 잠깐, 다시 읽어보고……'

난 코웃음을 치며 종이를 검지로 탁탁 두드렸다. 이렇게 비슷한 친구는 처음이었다. 나랑 같은 노래, 음식, 영화를 좋아하는 것이었다. 난 유빈이를 힐끗 쳐다보았다. 다른 친구들이랑 수다를 떨며 호탕하게 웃고 있었다. 난 그 웃음이 마음에 들었다.

일주일쯤 되니 이름을 모르는 애가 거의 없다. 내 친한 친구 목록에는 유빈, 시윤, 수연을 포함해서 여덟 명이 있다. 난 그 친구들과 이야기를 나누는 게 즐겁다.

선생님이 다시 자리를 정해주시고 유빈이와 같은 모둠이 되었다. 유빈이와 같은 모둠이 되어서 기분이 좋았다. 비슷한 점이 많은 친구랑 있으면 원래 그러나보다. 선생님이 모둠 이름을 정하라고 선이 이상하게 그려진 종이를 주셨는데, 마치 유리 부분이 작은 창문처럼 보였다.

"가운데에 정한 모둠이름을 적는 거예요. 모둠원이 가장 많이 좋아하는 건 1번 칸에, 다음은 2번 칸에 그런 식으로 이름을 정하는 겁니다. 처음이니까 잘 정해야겠죠?"

이런 걸 좋아하는 나는 이끔이로 뽑힌 만큼 열심히 모둠원이 좋아하는 것을 적었다. 적고 보니 모둠이름을 정하기가 참 애매했다. 1번 칸에 적힌 이름이 많아서 딱히 중요한 이름을 못 찾았다. 어느새 모든 모둠원이 골똘히 생각을 하기 시작했다.

'음, 1번 칸엔 음식 이름이 많은데, 매운 것도 있고 그리고 나무랑 꽃도 있네……. 아하!'

큰 소리로 말했다.

"내신 어때? 내신? 좋지 않아?"

유빈이가 어리둥절해 하며 말했다.

"으응? 그게 뭔 뜻이야?"

유빈이의 짝꿍인 현수도 "맞아, 무슨 뜻이야?" 하며 맞장구를 쳤다. 난 종이에다가 적어 가며 설명했다.

"왜? 우린 자연이랑 매운 음식을 좋아하잖아? 봐. 자연의 영어인 내추럴의 내, 맵다의 한자인 매울신의 신을 합쳐서 내신. 그리고 내신은 공부랑 관련 있으니까 공부도 열심히 하자는 뜻도 있는 거야. 어때?"

난 숨이 빨라지며 말을 끝냈다. 내 짝꿍인 지훈이가

"열~ 괜찮한데?" 하고 혀를 굴렸다. 유빈이도 현수도 좋다고 했다. 종이 가운데에 모둠 이름 '내신'을 적고 이름 발표를 했다. 열심히 참여해준 친구들이 고맙다.

다음에는 머리에 책을 올리고 반환점을 도는 놀이를 했다. 여자 팀, 남자 팀으로 나누어서 겨루었는데 네 명이서 손을 잡고 하는 놀이라 협동심 없이는 힘든 놀이였다.

"자, 시작!"

남자애들이 경쟁심에 불타올라 소리를 빽빽 질러댔다. 여자애들도 깔깔 웃으면서 응원을 했다.

"책 떨어뜨리면 우리 무조건 지는 거야!"

우리 조의 차례가 되자 다짐하듯 말했다. 수연이는 내 손을 잡으며 키득키득 웃었다. 우린 '천천히'를 계속 되풀이하며 반환점으로 걸었다. 그 덕에 책을 한 번도 떨어뜨리지 않았다. 다음 애들한테 책을 넘겨주고 수연이와 유빈이를 부둥켜안고 팔짝팔짝 뛰었다. 유빈이는 쑥스러운 듯 가만히 서 있었지만 그래도 즐거운지 크게 웃었다. 우리가 남자애들보다 일찍 도착한 덕에 이길 수 있었다. 선생님은 분위기를 이으려고 하시려는지 난이도를 높여 놀이를 계속했다. 원을 만들어 손을 잡고 걷는 것이다. 뒤를 보면서 책이 안 떨어지게 중심을 잡는 것은 어려웠다. 자꾸 뒤를 돌아보게 되어서 책이 떨어졌다. 수연이가 한 번, 희영이가 한 번 떨어뜨려서 살짝 늦어졌지만 그래도 여유는 있었다. 심장이 두근두근해서 남자 팀의 남은 수와 우리 팀 남은 수를 몇 번이고 번갈아 보았다. 하지만 우리 팀에서 책을 많이 떨어뜨리는 바람에 지고 말았다. 안타까워서 머리를 싸잡고 주저앉아 있는데 선생님은 한 번 더 놀이를 하자고 하셨다. 대신 가장 잘하는 사람 여섯 명만 골라서 뒤로 돈 채 걷는 것이다. 대가로 이긴 팀에게는 상품이 있다고 했다. 자신이 없어 애들과 눈을 마주치지 않으려고 했으나 많은 사람이 나를 지목해서 할 수밖에 없었다. 나 말고 남성적인 하림, 나의 2년 지기 친구 영혜, 유빈이 그리고 지우가 출발선에 섰다. 남자팀에도 만만치 않은 애들이 서 있었다. 침을 꿀꺽 삼키고 선생님의 신호를 기다렸다.

"자, 자, 시이…… 이이이…… 작!"

선생님께서 얼마나 뜸을 들이시는지 발을 몇 번이나 움찔거렸다. 출발 신호가 떨어지고 정신을 집중해서 천천히 발을 떼었다. 무의식적으로 '천천히'를 되풀이하는데 옆에 있던 영혜가 갑자기 피식 웃었다. 그 바람에 영혜 머리에 있던 책이 잠시 흔들렸다. 영혜는 "우워워어" 하며 멈춰 섰는데 계속 뒤로 걷던 하림이가 영혜와 같이 책을 떨어뜨렸다. 반환점을 돌아 거의 출발점에 도달한 상태여서 안타까운 탄성이 저절로 나왔다. 얼른 책을 머리에 올리고 출발점에서 다시 출발했다. 남자팀을 곁눈질로 보니 책을 떨어뜨리고 있어서 안심을 했다. 천천히, 아주 천천히 걸으니 책을 떨어뜨리지 않고 도착할 수 있었다. 우리가 지른 함성으로 운동장이 떠나갈 듯했다. 모든 여자 팀은 손을 잡고 강강술래 하듯이 빙빙 돌았다. 선생님은 "그만!" 하고 놀이를 끝맺으셨다.

"자, 주목! 게임은 끝났어요. 약속을 하나 했었죠? 약속대로 이긴 여자팀에게는 상품을 주도록 하겠습니다."

남자애들이 바닥을 두드리며 안타까워했다. 태윤이는 흥분해서 여자팀이 반칙을 했다며 큰소리를 쳤다. 선생님은 아랑곳하지 않고 여자애들에게 교탁 앞으로 줄을 서라고 했다. 선생님은 교탁 서랍에서 작은 상자를 꺼냈다. 거기에는 캐러멜 초콜릿 사탕이 잔뜩 들어 있었다. 태윤이는 "어? 쳇, 뭐 별거 아니네." 하면서 의자에 털썩 앉았는데 여자애들이 간식을 받는 모습을 계속 지켜보았다. 몇몇 남자애들은 하나만 주라고 졸졸 따라다니기도 했다. 태윤이는 주머니에 손을 넣고 목을 쭈욱 빼고 다리를 떨며 말했다.

"안 먹어! 안 먹고 말지, 체! 비-굴한 것들-"

"태윤이, 그런 태도는 고치세요!"

선생님께서 한 마디 하셨다. 나는 그런 태윤이가 이해되는 것 같기도 하다.

# 2.
## 바이올렛

아마 우리 반 진도가 가장 느릴 것이다. 선생님은 학기 초인데도 몇 번이나 출장을 가셨다. 그럴 때마다 교담 선생님이 오셔서 미술이나 자습을 했는데, 나는 그 시간을 마저 못한 학원 숙제를 하는 시간으로 썼다. 자습을 얼른 끝내고 곧바로 숙제를 시작하면 충분히 끝낼 수 있었다. 그런데 요즘은 선생님이 출장을 안 가셔서 밤에 일찍 자면 숙제를 마저 끝낼 수 없다. 그런 내 상황을 모르시는지 진도가 늦다며 하루에 사회를 3교시 연속으로 하신다. 그러면 쉬는 시간마다 뻘게진 눈으로 하품을 연발한다. 제발 사회는 하루에 한 번만 했으면 좋겠다.

선생님의 스파르타식 진도로 여유가 생기자 이제 쉬는 시간도 칼같이 지키고, 체육, 실과 시간을 빼먹지 않았다. 우리도 숙제가 줄어들어서 여가를 즐기는 모양이었다. 우리 반 활력소 브라더스, 건휘와 경수는 요즘 인기 있는 동영상을 입에 침이 마르도록 칭찬한다. 건휘가 먼저 북을 친다.

"야, 야 경수야. 내가 어제 보내준 동영상 봤냐? 짱이 쥐이이?"

이젠 경수가 크게 장구를 친다.

"당연히 봤지! 얼마나 재밌는지 질리지가 않더라. 중독성 있다니깐."

무슨 동영상을 얘기하는 건지. 사실 궁금하지는 않다. 며칠 전에도 둘이서 오늘과 같은 이야기를 나누고 있었다. 무슨 이야기를 하는지 귀 기울여 들어보았더니 암호를 주고받는 것 같았다. 같이 옆에서 둘의 이야기를 듣고 있던 수연이도 그 말이 무엇인지 몰랐다. 그래서 경수를 불러 그게 무슨 말인지 물어보았다.

"응? 아, 그거? 게임 용어야. 건휘랑 PC방 가면 꼭 하는……."

경수는 신이 난 듯 이야기를 이었다. 들어주려고 했지만 외계어처럼 이상한 말들만 외고 있어서 그냥 수연이와 이야기를 나누었다. 경수는 눈을 감고 게임 이야기를 계속 해댔다. 우린 자리를 옮겼다. 오늘 브라더스가 하는 말도 게임 용어처럼 우리에겐 별 이득이 없는 이야기일 것이다. 둘은 웃기 시작했다. 웃겨서 웃는 게 아니라 아마 둘이 말한 동영상에서 나온 웃음소리를 따라하는 중일 것이다. 일정하고 어색한 웃음을 합창하기 시작했다. 그리고 곧 진짜 웃음을 합창했다.

1학기 중반에 들어서고 이제 서로 많이 편해졌다. 유빈이, 하림이, 수연이와 나는 4인방이다. 급식실에서도, 소풍갈 때도 같이 어울렸다. 선생님과도 많이 친해져서 좋기는 한데 항상 선생님은 실과와 체육을 빼신다. 우리 엉덩이가 얼마나 근질근질한지도 모르고 말이다. 오늘도 실과 수업이 수학 시간으로 바뀌어버렸다. 탄식이 여기저기서 흘러나왔다.

"아, 아아, 알았어!"

선생님이 손을 휘저었다.

"다음 시간에는 꼭! 실과 한다! 오늘까지만 실과 빼자?"

"아, 다음 주!"

우리들은 책상을 두드리며 소리를 질렀다. 선생님은 마음을 굳혔는지 칠판에 수학 단원 이름을 적었다. 덕분에 분위기가 많이 어수선해져서 선생님이 종을 두어 번 정도 쳐야 했다.

한 달하고도 2주 만의 실과시간이 왔다. 식물 가꾸기 단원이라 다음 시간에는 우리가 직접 식물을 심는다고 한다. 그러니까 다음 주에도 실과를 하겠다는 이야기나 마찬가지다.

"다음 시간에는 식물 심기를 할 거예요. 다음 주 월요일이니까 이번 주말에 준비해야겠죠? 준비물 담당을 정하죠."

식물 심기는 재미있다. 꽃을 좋아하기도 하지만 흙에서 나는 냄새나 만질 때 감촉이 좋기 때문이다. 난 바로 모둠원에게 말했다.

"야, 내가 꽃 준비하면 안 돼?"

남자애들은 잘 됐다는 듯이 좋다고 했다.

"내가 준비하고 싶었는데…… 알았어. 그럼 난 뭘 준비하지?"

유빈이가 시무룩하게 말했다. 난감했다. 유빈이도 꽃을 사고 싶었던 모양이다. 난 곰곰이 생각했다.

"유빈아, 우리 같이 꽃집에 가서 사자. 이번 주말에. 괜찮아?"

"진짜? 나야 좋지! 혼자 가는 것보다 같이 가는 게 낫겠지? 근데 쟤들이 나머지 다 가지고 올 수 있을까?"

"괜찮아! 화분이나 다른 용구는 우리 집에 있으니까 비상용으로 가져오면 되지."

유빈이는 조금 미안한 눈치를 보였다. 난 일부러 목을 가다듬고 남자애들에게 준비물을 얘기했다. 지훈이가 큰 목소리로 말했다.

"뭐? 이걸 다 가지고 오라고? 말도 안 돼!"

"야, 연약한 여자 두 분께서 기꺼이 꽃을 사다 주신다는데, 이런 것도 못 해? 겨우 세 개 가져오는 게 힘들어?"

지훈이는 입술을 움직였지만 말을 하지는 않았다. 난 알림장에 준비물을 적고 손등에 '화분 외 가져오기'라고 적었다. 유빈이와 학교가 끝나고 만날 약속을 잡았다. 내

일 토요일 1시에 만나자고 했다.

토요일 아침이 밝았다. 혹시나 늦을까 약속시간이 한참 남았는데도 준비를 마치고 신발을 신었다.

"벌써 가게?"

아빠가 신발 신는 것을 도와주었다.

"일찍 가면 일찍 갈수록 좋은 거죠."

아빠에게 손을 흔들며 인사를 했다. 아빠도 웃어주었다.

"조심히 가! 뛰지 말고."

주말에도 일하시는 엄마 대신 아빠께서 창밖으로 목을 길게 빼고 소리치셨다. 난 아빠를 향해 손을 흔들고 다시 팔짝팔짝 뛰어 갔다. 돌아볼 때마다 여전히 기린처럼 고개를 빼고 손을 흔드시는 아빠를 몇 번이고 돌아봤다. 꽃집은 원래 10분 정도의 거리에 있지만 5분도 안 돼 도착했다. 얼른 유빈이에게 전화를 했다.

"어디야? 나 도착했는데."

"나 지금 가고 있어. 조금만 기다려."

유빈이에겐 조금이 20분이다. 더워서 땀을 흘리며 기다리는데 유빈이가 저만큼 뛰어오고 있었다.

"더운데 왜 뛰어 와!"

"헤이구, 그냥 기다릴까 봐."

유빈이의 팔을 잡고 꽃집에 들어갔다. 꽃집 안은 서늘

했다. 예쁜 꽃이 뭐가 있는지 보고 있는데 꽃집 아줌마가 말을 걸었다.

"뭐 찾니? 아줌마가 도와줄게."

"우린 보라색을 좋아하는데 친구랑 어울리는 꽃을 찾고 있어요. 그런 꽃 있나요?"

아줌마는 꽃집 구석으로 가시더니 올망졸망한 꽃을 가지고 오셨다.

"바이올렛인데 꽃말이 우정이야. 어때?"

유빈이는 꽃을 이리저리 살펴보았다.

"좋은데요?"

우리는 동시에 대답했다.

짙은 보라색 꽃잎을 초록색 잎이 받치고 있었는데 도톰하고 작은 꽃들이 옹기종기 모여 있으니 귀여웠다. 우린 바이올렛을 사고 꽃집을 나왔다. 집에 돌아와 꽃을 화분에 옮겨 놓았다. 내일이 빨리 왔으면 좋겠다.

기다리는 날이 왔다. 하지만 5,6교시인 실과시간은 더디 왔다. 해가 동쪽 급식실 위에 걸려 움직이지 않는다. 점심시간을 지루하게 보내고 드디어 실과시간이 되었다. 선생님은 우리들 마음을 아는지 모르는지 종이 울리고 한참이 지나서야 들여다보던 컴퓨터에서 눈을 떼었다.

"오늘 식물 심기로 했죠? 일단 나가서 뒤뜰에 모둠별

로 줄을 서고……"

선생님 말씀이 끝나기도 전에 애들이 우르르 달려 나갔다. 나는 유빈이와 바이올렛이 든 비닐봉투를 같이 들고 계단을 천천히 내려갔다. 뒤뜰에 오자 남자아이들은 들판의 말처럼 날뛰느라 정신이 없었다. 나는 여자애들과 농구장으로 가서 누가 무슨 꽃을 가지고 왔는지 구경했다. 멀리서 선생님이 보이자 모둠원을 불러서 줄을 세웠다.

"유정인! 빨리 줄 안 서냐! 너 때문에 다 기다리고 있잖아."

정인이는 끝까지 신발 끈을 묶고 나서야 줄을 섰다. 선생님은 얼굴을 잔뜩 찌푸리고 어떻게 꽃을 심는지 설명하셨다. 직접 삽으로 거름을 푸는 것도 보여주었다. 나는 하품을 하며 모둠원을 한 곳으로 이끌었다. 흙더미 옆에 앉아 겉에 메말라있는 흙을 긁어냈다. 그리고 촉촉한 흙을 파내 화분에 담았다. 선생님이 사 온 거름을 한 삽 퍼오는데 현수가 갑자기 도망을 갔다.

"어디 가! 안 심고."

현수는 뒷걸음질치며 말했다.

"거름…… 똥이잖아?"

아이고. 뭐라고 말해야 할지 몰라서 그냥 놔뒀다. 거름을 넣고 흙을 골고루 채우고 나니 현수가 슬금슬금 다가왔다. 어금니를 악물며 현수에게 흙을 잘 다지고 있으라 하고 유빈이와 수돗가에 갔다. 물뿌리개를 덜렁거리며 흔들자 물이 튀었다.

"하여간에 현수 그 놈은 엄살쟁이야!"

유빈이도 고개를 끄덕이며 말했다.

"아무것도 아닌 일로 별의 별 오바는 다 하지."

현수는 일부일 뿐이고, 흥을 보고 있으니 현수보다 더 심한 아이들−선생님이 없으면 날뛰는 아이들이라고 할 수 있겠다−이야기를 하게 되었다. 화분이 있는 곳으로 와 보니 현수는 온데간데없고 화분흙은 다져져 있지 않았다. 내가 일을 시킨 게 잘못이다.

"내가 물 줄게."

지훈이는 여태까지 놀다가 이제야 나타나서 일하는 척을 한다. 손바닥으로 흙을 살살 다진 뒤 지훈이가 뿌리까지 닿을 수 있도록 물을 흠뻑 주었다. 난 꽃잎이 찢어질까 잎이 다칠까 조심스럽게 화분을 옮겼다. 다 심은 화분을 선생님께 보였다.

"선생님, 다 심었어요."

"잘 했어. 기념으로 사진 찍어 줄테니 흙더미 앞에서 봐."

선생님께서 사진을 찍었다. 이 칙칙한 흙이 이젠 꽃을 감싸고 숨을 쉬게 해 줄 것이다. 뒷마당에 쌓아놓으면 쓰레기더미나 다름없는 흙덩이지만 생명을 안으면 엄마가 되는 흙 앞에서 나도 엄마기 된 듯 꼿꼿하게 서서 카메라를 바라보았다.

그 뒤로 흙무더기에서 찾은 작은 돌멩이로 30분 동안 공기놀이를 했다. 오랫동안 쭈그려 앉아 있어 허벅지에 쥐가 났다. 제일 먼저 일을 끝낸 우리 모둠은 제일 먼저 모둠 기념사진을 찍었다. 남자애들은 벤치 뒤에서 어깨 동무를 하고 우리 여자들은 벤치에 앉아서 사진기를 바라보았다. 난 잠시 화분을 쳐다보았다. 화분에 심어진 바이올렛이 좀 더 생기 있어 보였다. 그 속에서 수다를 떠는 우리 반 모습이 보여 피식 웃었다. 그 때 찰칵 셔터소리가 들렸다. 선생님이 찍은 사진 속 내가 바라보는 화분에는, 보랏빛 우정이 피어오르고 있었다.

# 3.
## 수련회에서

할 일은 많고 시간은 부족했다. 항상 있는 시간은 왜 부족한 것인지 그건 풀 수 없는 수수께끼다.

우리 반에 새 친구가 온다. 화순에서 온 여학생이라고 했다.

"화순? 나도 화순에서 왔는데. 나 3학년 때 화순에서 여기로 전학 왔어."

유빈이가 눈을 반짝이며 관심을 보였다. 선생님이 종을 땅 치셨다. 이 때 누가 앞문을 두드렸다. 선생님이 들어오라고 하자 한 여자애가 문을 열었다. 선생님은 교실을 나가 여자애의 엄마인 듯한 사람과 이야기를 나누고 여자애와 함께 들어왔다.

"전학생이 왔어요. 자기소개 한 번 해보자."

"저는……."

전학생은 부끄럼을 많이 탔다. 계속 몸을 흔들고 손을 가만히 두지 않았다. 결국 선생님이 대신 소개해 주었다.

"이름은 정예린이고, 화순초 3반이었다고 하네요. 부끄럼을 많이 타니까 친해지고 잘 생활합시다. 따돌림 그런 거는 안 하겠지?"

"네! 당연하죠."

우린 웃으며 크게 대답했다. 예린이는 승준이 옆에 앉았다. 느릿느릿 행동하는 걸 보니 답답한 애일 것 같았다. 예린이의 얼굴을 보며 이름을 기억하고 수업시간 도중에 가끔씩 예린이를 쳐다보았다. 예린이는 불안한 듯 손톱을 뜯고 있었다.

1학기에는 소풍을 두 번 수련회를 한 번 간다. 오늘 가는 해병대 체험 뒤 5월에는 수련회를 가고 6월에는 폐교에 간다고 한다. 선생님은 우리 학교가 '너무 좋은 학교'라고 투덜대셨다. 교과 진도가 많이 빠지는 바람에 국어, 수학을 하루에 몇 번이나 했다. 학기 초의 악몽이 되살아나는 것 같다. 하지만 체험학습에서 4인방의 우정을 확실히 확인할 수 있는 일이 터졌다.

외나무다리를 건넌다는 소문에 걱정을 한 아름 지고 학습장에 갔다. 말이 씨가 된다고, 정말로 외나무다리를 건넌다고 했다. 다리 건너기 전에는 위에 걸려있는 안전로프에 안전복에 부착된 고리를 걸고 천천히 걸어간다. 4인방은 껌이란 별명처럼 딱 붙어서 줄을 섰다.

"나…… 오늘처럼 떨린 적은 처음이야. 어찌냐."

하림이도 부들부들 떨었다.

"나 떨어지면 어떡하지."

"아, 안전장치 있잖냐. 저게 고장 난다는 확률은 물마

시다가 사례 걸려가지고 질식사하는 확률보다 낮아. 그치?"

농담을 해서 분위기는 좀 풀어졌지만 떨리는 건 여전했다. 내 차례가 오고 심호흡을 얼마나 많이 했는지 모른다. 고리를 걸고 다리 위로 발을 내딛었다. 뒤에 있던 유빈이가 안전복 고리를 걸려고 준비를 하다 갑자기 재채기를 했다. 고요한 외나무다리에서 재채기는 바위가 굴러 떨어지는 소리처럼 컸다. 그 때문에 바짝 긴장되어 있던 난 깜짝 놀라서 펄쩍 뛰고 말았다. 낡은 고리는 세게 당겨지자 빠져버렸다. 난 그것도 모르고 어설프게 섰다가 아래로 미끄러졌다.

"아악!"

난 소리를 지르며 아슬아슬하게 다리를 잡았다. 머리가 새하얘지고 지금 무슨 일이 생겼는지 정신이 없었다. 무조건 팔에 힘을 주고 올라가려고 버둥거렸다. 하지만 힘이 점점 빠져서 손이 밑으로 내려갔다. 심장이 터지는 것 같았다.

'이대로 죽는 건가'

그러나 손은 곧 떨어질 것 같았다. 눈물이 뚝뚝 떨어졌지만 필사적으로 매달렸다. 손에 힘이 빠져 정신이 혼미해져 갈 때 누군가 내 손을 잡았다. 잔뜩 찡그리며 눈물을 글썽이는 유빈이가 다리에 엎드려서 내 손목을 꼭 붙잡고 있었다. 이미 건너갔던 수연이는 고리를 걸고 되돌아와서 유빈이를 도와줬다. 약해보이던 유빈이, 수연이도 이 순간만큼은 천하장사가 되어 날 끌어올렸다. 지도 선생님 도움을 받아 모두 무사히 땅에 올라왔다. 난 잠시 숨을 헐떡이다가 유빈이와 수연이를 꼭 안고 엉엉 울었다. 심장이 떨려서 눈물이 나기도 했지만 무엇보다 유빈이와 수연이가 위험을 무릅쓰고 날 도와준 것이 고마웠다. 무엇이든지 다 해 줄 수 있을 만큼 고마웠다. 내 양 어깨도 축축하게 젖었다.

선생님들이 쉬는 천막에서 잠시 누워있었다. 깜빡 잠이 들었는데, 낭떠러지로 떨어지는 꿈을 꾸었다. 그런데 수연이, 유빈이, 하림이도 같이 떨어지는 것이었다. 눈물이 솟구쳐서 꺽꺽 소리를 내며 우는데 나를 애타게 부르는 소리가 들렸다.

"나린아, 왜 그래? 일어나 봐!"

2반 선생님이 나를 흔들며 깨우셨다. 난 축축해진 베개를 문지르며 일어났다.

"너 막 울더라. 악몽 꿨니?"

힘도 없고 악몽을 꾸었다고 말하기 싫어서 아무 말도 하지 않았다. 그냥 고개만 살짝 까닥였다.

"물 좀 주세요……."

가만히 생각하고 있으니 어깨가 아프고 목이 말랐다. 물을 마시고 나니 조금 힘이 도는 것 같았다. 선생님이 주신 알약 하나를 먹고 정신이 들자 신발을 신으며 말했다.

"애들 어딨어요? 유빈이랑 수연이랑은요?"

"일단 화장실 한 번 가자. 그리고 아이들 있는 데로 데려다 줄게. 괜찮니?"

난 기지개를 켜며 화장실에 갔다. 세수를 하고 머리를 다시 묶은 다음 애들이 있는 곳으로 갔다. 줄다리기를 하고 있었는데 표정이 많이 어두워 보였다.

"린이야!"

유빈이, 하림이, 수연이가 동시에 외쳤다. 줄다리기가 끝나자마자 셋은 나에게 달려 왔다.

"괜찮아? 걱정 많이 했어."

난 가만히 고개를 끄덕이고 손을 잡았다.

"나, 너 떨어지는 줄 알고 도와주고 싶었는데…… 너무 멀리 떨어져 있었어. 미안해!"

하림이가 나를 안았다. 나는 웃으면서 등을 두드려 주었다.

"미안하긴! 넌 잘못한 거 없어. 하여간에 난 너희들이 더 걱정 됐어. 어떻게 된 건지 좀 설명해주라."

셋은 앞 다투어 설명을 했다. 한꺼번에 말하는 바람에 알아듣기 힘들 정도였다. 다시 한 번 설명을 들으니 다시 오금이 저렸다. 내 고리가 빠져서 미끄러졌을 때는 지도하시는 선생님과 다른 선생님들이 모두 천막에서 줄다리기 준비 중이었다고 했다. 그래서 발이 빠른 몇 명애들이 내가 미끄러졌다는 걸 알렸다고 한다. 그런데 사람들이 늦게 오자 유빈이가 참다못해 엎드린 채로 기어서 내가 있는 곳까지 왔다고 한다. 다른 애들이 위험하다고 말렸지만 수연이도 급하게 도우러 왔다고 했다. 하림이는 여전히 미안한지 그 상황을 들려주는 내내 고개를 푹 수그리고 있었다. 난 하림이의 어깨를 꼭 안았다. 언뜻 예린이가 보였다. 혼자 벤치에 앉아 나를 뚫어져라 쳐다보고 있었다. 나와 눈이 마주치자, 예린이는 얼른 고개를 돌려버렸다.

그 뒤로 우리는 없으면 허전하고 바라만 보고 있어도 웃었다. 후유증 때문에 부들부들 떠는 것도 이해해 주고 꾸벅꾸벅 조는 것도 받아주었다. 난 그런 친구들이 마냥 고마웠다.

후유증도 사라져가고 학교생활도 평범해졌다. 단조롭게 지나가는 나날에서도 4인방은 각별한 사이를 유지하고 있었다. 그리고 또 한 번의 특별한 날이 왔다. 초등학교 생활 처음으로 맞는 수련회 날이다. 얼마나 기다렸는지 수련회 가는 날 아침에는 소동을 벌였다. 소란스럽게 짐을 챙기느라 엄마한테 꾸중을 들은 것이다. 그 때문에 지각을 했다. 버스가 출발하기 전에 도착한 것만으로도 다행이었다. 버스 탈 때는 모두가 들떠 있어서 내 옆에 앉아있는 하림이 목소리도 못 들을 정도였다. 두어 시간 정도 지나서 수련회장에 왔다. 바다 냄새가 물씬 풍기는 해수욕장이다. 작은 리조트가 두 개 있는데 리조트 바로 앞에 바다가 있어서 건물 안에도 바다 냄새가 배어있을 것 같았다. 선생님이 잔뜩 찌푸린 얼굴로 줄을 맞추고 건물 앞 강당에 들어갔다. 이미 다른 반 아이들이 줄을 맞춰 앉아있었다. 곧 무대에서 붉은 조끼를 입은 남자가 올라왔다.

"설명 잘 들으스오. 여르분은 수련회를 왔스니깐 공동체 승활을……"

엄청난 사투리 때문에 알아들을 수 없었다. 부산사투리와 군대 발음이 섞였으니 그럴 만도 하다. 우리나라에서만 들을 수 있는 외계어를 다 듣고 나니 핸드폰을 걷었다. 주머니 속에 숨겨두고 싶었지만 양심이 찔려서 그냥 냈다. 그래도 MP3는 가방 깊숙한 곳에 숨겼다. 밤이 되면 유빈이랑 듣기 위해서였다. 설명을 좀 더 듣고, 출발하기 전 학교에서 미리 정해준 숙소대로 모였다. 난 선생님한테 부탁을 해서 4인방이 모두 같은 숙소를 쓸 수 있

도록 했다. 하지만 한 숙소에 5명이라 한 명을 더 넣어야
했다. 그러고 보니 예린이는 아직 아무 숙소에도 들어가
지 못하고 있었다.

"있잖아, 예린이를 넣는 게 어때? 친해질 수도 있고,
지금 예린이 아무 데도 못 끼고 있잖아."

유빈이가 그러자고 했다. 하림이 수연이도 찬성했다.
난 곧바로 선생님에게 예린이를 우리 숙소에 넣자고 말
했다. 그래서 4인방과 예린이가 같은 숙소를 쓰게 됐다.
3층에 있는 숙소에 올라가 숙소 문을 열었다.

"짜라 자짠짜~ 짜라자짜 짜잔~"

흔히 새 집을 볼 때 나오는 배경음악을 하림이가 흥얼
거렸다. 나도 숙소가 하림이가 생각하는 '스위트 숙소'
이길 바랐다. 하지만 우리의 예상은 완벽히 빗나갔다. 네
모난 방 하나에 장롱 하나 화장실이 달랑 하나 있는 '단
칸방'이었다.

"스위트를 바란 게 잘못이지."

수연이도 스위트룸을 바랐나 보다. 아쉬움이 역력한
표정으로 가방을 한 곳에 모아두었다.

"그런데 이 코딱지만한 데서 다섯 명이 다 잘 수 있을
까?"

"겹쳐져서 자야 하나?"

숙소에 대한 이야기가 오고갔다. 선생님이 다시 모이

라고 할 때까지 불평을 늘어놓았다.

"방이 코딱지만 한데, 어떻게 자요!"

"어차피 이틀밖에 안 산다, 이눔들아, 앙탈 부리지 말어."

선생님께서 잔말 말고 모이라고 호루라기를 불었다.

그건 사실이었다. 할 말이 없으니까 유빈이가 다른 화제로 이야기를 시작했다.

"지, 지금 래프팅 하러 가는 거지?"

"그럴 걸. 해변에 배 있는 것 봤어."

해변에 도착했다. 나누어주는 구명조끼를 입고 팔 벌려 뛰기를 했다. 깐깐한 지도 선생님 때문에 뛰는 속도가 조금만 맞지 않아도 몇 번이나 다시 해야 했다. 래프팅 하기도 전에 지쳐서 배에 올라탔을 때는 모두 헉헉거렸다.

"자, 빨리빨리 움직여!"

팔에 힘이 쪽 빠져있는데도 노를 빨리빨리 저으라고 하니 죽을 맛이었다. 다른 애들도 정신이 없어서 배가 오른쪽으로 왼쪽으로 빙빙 돌기도 했다. 난 무조건 '빨리 갔다 오자.'라는 생각뿐이었다.

"왼쪽! 왼쪽 애들만 저어! 이제 오른쪽!"

나는 목이 터져라 외쳐댔다. 애들이 잘 따라줘서 금방 돌아올 수 있었지만 온 몸이 쑤시고 목도 쉬어서 상태가 말이 아니었다. 숙소에 돌아와선 바로 누워버렸다.

"아이고, 아이고. 에구, 에구궁."

말을 하면 나오는 게 신음이다. 다섯 명이서 '아이고' 돌림노래를 불렀다. 잘 어울리지 못하던 예린이도 널브러져서 숨을 거칠게 쉬고 있었다.

"어이구, 벌써, 지치면, 안, 되는데……."

수연이가 힘을 내어 말했다.

"왜에?"

"앞으로, 놀 일만, 남았는데……."

"그건 그렇고 일단, 좀 쉬자, 쉬어."

몇 분 동안 누워있자 저녁 먹기 전까지 씻으라는 말이 생각났다. 난 세면도구를 챙기고 화장실에 들어갔다. 우리가 씻어야 한다는 말은 잊지 않았다. 씻는데 시간이 꽤 오래 걸렸다. 다섯 명이서 이 시간대로 씻으면 늦을 것 같았다. 목만 문 밖으로 빠끔히 내어놓고 말했다.

"야, 이러고 있으면 우리 밥 못 먹어, 좁으니까 두 명씩 같이 씻자."

유빈이가 먼저 씻겠다고 왔다. 하림이와 수연이는 대기하겠다고 화장실 문 앞에 앉아 방을 등지고 앉았다. 꽤 효과적이었다. 같이 머리를 감으면 한 명은 나가 머리를 말리고, 그 시간에 한 명은 씻는데, 모두 씻는 게 30분 정도밖에 안 걸렸다. 모두 머리에 수건을 감싼 채 짐을 정리하고 옷을 갈아 입었다. 미리미리 해 놓아야 밤에 많이 논다나. 갑자기 유빈이가 벌떡 일어났다.

"어? 내 돈!"

그러고는 방을 샅샅이 뒤졌다.

"무슨 돈? 잃어버렸어?"

너도나도 나서서 돈을 찾아보았다. 예린이는 방구석에 앉아 우리가 하는 것을 지켜만 보았다.

"예린아, 너도 좀 도와줘."

"응? 응……."

예린이도 엉거주춤 일어났다. 하지만 방을 몇 번이고 둘러보고 가방을 뒤져보아도 유빈이의 돈은 보이지 않았다.

"어떻게, 2만 원이나 되는데!"

유빈이가 털썩 주저앉았다.

"혹시 래프팅 하다가 빠진 거 아냐?"

"아냐, 빠질까 봐 가지고 나오지 않았는데."

"그럼 뭐야, 여기서 누군가가 가져갔다는 거야?"

갑자기 방 안이 조용해졌다. 누구도 의심하기 싫고, 의심할 수 없다. 우린 그런 사이가 아니니까. 머리가 어지러워져서 무심코 주머니에 손을 넣었다. 빳빳하고 거친 종이가 만져졌다. 깜짝 놀라 손을 뺐다. 돈도 함께 떨어졌다. 모두의 시선이 나에게 몰렸다.

"이, 이게 뭐야……."

"나린이?"

"헉⋯⋯."

당황스러웠다. 이게 왜 나한테 있는 거지? 난 유빈이 가방에 손도 댄 적 없는데?

"어떻게 된 거야? 너!"

유빈이가 딱딱하게 말했다. 정말 당황스럽고 억울했다.

"이건 있을 수 없어. 난 유빈이가 돈을 가져왔다는 걸 방금 알았다고. 유빈이 가방에 손도 댄 적 없고. 나 못 믿는 거야? 이건 사, 사기야! 분명 누군가가 일부러 내 주머니에 넣은 게 틀림없어! 부모님을 걸고 맹세해."

"맞아. 나린이는 그런 짓 안 하는 거 알잖아."

하림이가 흥분하며 내 말을 믿어 주었다.

"그러면 누가 넣었다는 거야?"

"이게 무슨 일이야⋯⋯."

혼란스럽다. 어째서 나한테 이런 일이 생기지, 나는 이 일이 어떻게 된 건지 알아내야 했다. 하지만 이 상황이 믿기지 않는다. 믿기 싫다.

즐거워야 하는 수련회가 우울하게 끝났다. 선생님은 다음 주에 이 일에 대해서 이야기하자고 했다. 하지만 난 이야기 할 게 이거밖에 없다.

'이건 오해고, 모함이고, 제가 하지 않았어요.'

거짓말 탐지기를 들여놓아야 할 상황이다. 답답하게

한 주가 지나가니, 이제 일이 해결되어야만 하는 날이 왔다. 선생님은 모두에게 안대를 나누어주고 눈을 가리게 했다. 모두 엎드리고 선생님께서 말씀하셨다.

"유빈이의 돈에 손을 댄 사람 손들어. 아무도 못 봐. 나밖에 모르니까 손 들어도 괜찮다. 모두 솔직했으면 좋겠다. 그리고 난 너희들을 믿는다."

선생님이 안대를 벗으라고 했다. 그리고 나를 불렀다.

"…… 안타깝게도, 네 결백을 밝혀줄 아무 증거도 없다."

울고 싶었다. 선생님은 내가 철저히 거짓말을 하는 것이라고 믿겠지. 그럼 난 평생 도둑누명을 쓰고 살 거야. 더 이상 아무 말도 할 수 없어 자리에 앉았다.

"나린아, 어떻게 하냐? 그래도 난 네가 안 가져갔다는 거 알아."

"있지, 찔려서 손 안 든 애가 있을 거야. 분명 버스에서 누군가가 저질렀을 거야."

"얘들아, 정말 고마워. 너희들밖에 없다. 날 믿어줘서 정말 고마워."

내 결백을 믿어주고 위로해주는 친구들이 고마워 눈물이 나왔다. 나에게 이런 친구들이 있어 행복하다. 그러나 유빈이의 싸늘한 눈길도 느껴져 마음 한 구석에 돌덩이가 얹힌 것만 같다.

# 4.
## 창고

사건 이후로 유빈이와 나는 많이 어색해졌다. 서로 나누는 말 수도 줄어들었고 같이 노는 건 오래 전 일이 되었다. 하림이랑 수연이와는 여전히 친하지만 유빈이가 4인방에서 빠지다시피 행동해서 텅 빈 느낌이 들었다. 또 가슴 아픈 것은, 유빈이가 하림이 수연이한테도 차가운 반응을 보인다는 것이다. 그 사건 하나 때문에 친구 사이에 이렇게 큰 문제가 일어나다니 범인이 나오면 용서를 못할 것 같다.

쓸쓸한 6월의 마지막이 왔다. 1학기 마지막 소풍날이기도 하다. 이번 소풍은 특별했다. 아마도 여름 특집 소풍이었을 것이다. 더워진 몸을 정신적으로도 서늘하게 해줄 담력테스트를 한다고 했다. 해병대 체험 뒤 처음 나들이라 모두들 긴장하고 설레는 소풍이다. 소풍 장소에 도착하자마자 산 속으로 깊이 들어갔다. 산 속은 시원하고 어두웠다. 작은 폐교가 나왔다.

"저길…… 가는 건 아니겠지? 그치?"

하림이가 고개를 급하게 끄덕였다.

"미안하지만 간다."

선생님이 장난스럽게 말했다. 담력 테스트 겸 놀이를

한다는데 두 명이 한 팀이 되어 폐교의 창고에 들어가는 것이다. 선생님이 지시한 물건을 잘 찾아 가져오면 상품이 있다고 한다. 실패하면 벌칙으로 폐교에서 "안녕, 귀신아!" 하고 외치기로 했다. 난 좋은 건지 나쁜 건지 유빈이와 한 팀이 되었다. 미션을 수행하러 폐교 안에 들어갔다가 소리 지르며 나오는 애도 있고 훌쩍이며 나오는 애도 있었다. 물건을 제대로 찾아 나오는 사람은 아무도 없었다. 우리 팀이 마지막이어서 더욱 무서웠다. 드디어 우리 차례가 되었다.

"우리 꼭 물건을 찾아오자!"

나는 유빈이를 보며 주먹을 내 보였다. 유빈이도 오랜만에 나에게 웃어주었다.

폐교는 생각보다 으스스했다. 나무복도가 삐걱삐걱거려서 더 섬뜩했다. 공포영화에서 나올 법한 계단을 올라가 창고가 있는 2층에 올라갔다. 유빈이는 내내 내 손을 꼭 잡고 덜덜 떨었다. 나도 무서웠지만 손을 잡고 가니 덜 무서웠다. 유빈이와 아직 아주 멀어지지 않았다고 생각해 안심이 되었다. 창고의 문은 곰팡이가 슬어있었고 군데군데 구멍도 있었다. 꼭 귀신의 머리 같아서 문을 만지기 싫었다. 숨을 깊이 쉬고 문을 열었다. 쇳소리가 귀신의 신음소리 같았다. 창고 안은 정말 캄캄했다. 들어가면 다시 나오지 못할 것 같았다. 손을 꼭 잡고 용기를 냈다. 천천히 창고 안에 들어가 손전등 불빛을 비춰보았다. 우리가 찾아야 할 물건은 하회탈이다. 손전등 불빛을 비춰가며 샅샅이 찾아봤는데 보이지 않았다. 불빛을 벽에도 비추어 보니 상자와 의상이 쌓여져 있는 곳 위에 하회탈이 걸려 있는 게 보였다. 기뻐서 소리를 질렀다.

"와우! 저기 하회탈이 있다, 유빈아! 내가 빼 올게, 기다려야 돼."

유빈이도 기쁜지 활짝 웃었다. 유빈이에게 불빛을 비추어 달라고 하고 옷들이 쌓여있는 곳을 딛고 상자에 올라갔다. 상자가 낡아서 뚜껑이 푹푹 꺼지는 바람에 시간이 많이 걸렸다. 겨우 중심을 잡고 하회탈을 집어 들었다.

"예스! 이제 얼른 가자! 하회탈을 손에 넣었다."

호들갑을 떨며 뒤를 돌았는데 아무도 보이지 않았다. 갑자기 등골이 오싹했다. 심장이 쿵쾅거려서 내 귀에도 크게 들렸다. 유빈이가 있던 자리엔 불빛이 환한 손전등만 남겨져 있었다.

'어, 어디 갔지? 혹시 날 버리고 간 건가? 아닐 텐데……. 귀신은 말도 안 되고.'

하회탈을 품에 안고 손전등으로 창고 주변을 모조리 비추었는데 유빈이는 보이지 않았다. 하지만 말도 없이 손전등을 놔두고 간 걸 보니 일부러 나간 것 같았다. 유

빈이가 없어졌다는 게 확실해지자 뛰던 심장이 멎을 정
도로 불규칙해지면서 식은땀이 줄줄 흘렀다. 머릿속에
귀신이 나타나자 더 무서워져서 얼른 문고리를 돌렸다.
하지만 문이 고장 났는지 삐걱삐걱 소리만 날 뿐 열리지
않았다. 다리에 힘이 풀려 털썩 주저앉은 채 문을 계속
흔들고 두드렸다.

"밖에 아무도 없어요? 살려 주세요! 사람이 갇혔어
요! 유빈아!"

밖에선 아무 소리도 들리지 않았다. 무섭고 배신감
이 들어 눈물이 새어 나왔다. 하지만 펑펑 울 새도 없이
계속 문을 두드렸다. 숨이 그렇게 막힌 적은 처음이었다.

소리를 지르고 문을
부술 듯이 두드리느
라 힘이 빠졌다. 눈
물이 나는 것도 지쳐
문에 기대었다. 박제
부엉이와 사슴 머리
가 섬뜩하게 보였다.
무서워 떠는 것을 멈
추려고 눈을 감고 행
복했던 순간들을 생
각했다. 불쑥불쑥 귀신의 형상이 나타나서 일부러 싱글

벙글 웃기도 했다. 가만가만 숨을 쉬고 있으니 시나브로 잠에 빠졌다.

밖이 소란스러워서 비몽사몽 눈을 떴다. 집이거나 학교 버스이길 바랐는데 여전히 창고였다. 힘이 없어서 계속 기대어 있었다.

"……린아! 나린아!"

날 부르는 소리가 아득하게 들렸다. 눈을 떴다. 감각마저 사라진 손을 억지로 들어 젖 먹던 힘까지 짜내 문을 두드렸다.

"저어, 여기 있어요……."

밖에서 내 소리를 들었기를 바랐다. 몇 번 더 문을 두드리고 힘이 완전히 빠져 누워버렸다. 발소리가 점점 가까워졌다. 나를 부르는 소리도 마찬가지였다.

"나린아! 여기 창고에 있니? 어, 문이 안 열려. 고장 났나 봐. 나린아, 있으면 대답해 봐. 김 선생님! 여기 문 좀 어떻게 해 주세요."

선생님들의 목소리가 들렸다. 잘못하다간 그냥 지나칠 수도 있었다. 더 이상 여기 갇혀있기 싫다. 외나무다리에 매달려 있었을 때처럼 필사적으로 문을 탁 쳤다.

"여기…… 저 있어요."


"애가 충격이 컸나 봅니다. 몇 시간 동안 깨어나질 않아요. 걱정이네요."

담임선생님 목소리와 낯익은 목소리가 오갔다. 퉁퉁
부은 눈을 뜨니 엄마의 얼굴이 보였다.

"어, 엄마!"

또다시 눈물이 왈칵 쏟아졌다.

"린아! 괜찮아? 어이구, 내 새끼……."

엄마는 의자에 앉은 채로 날 일으켜 안았다. 나도 엄
마를 꼭 안았다.

"괜찮은 거야? 힘들면 다시 누워도 돼."

나는 괜찮다고 했다. 사실 등이 많이 아팠지만 더 이
상 누워있기 싫었다.

"너, 유빈이가 그러는데, 화장실 갔다면서 왜 창고에
있었니?"

"예? 저 거기서 화장실에 간 적도 없……."

유빈이가 나를 일부러 버렸다는 사실이 더 정확해졌
다. 슬픈 덩어리 같은 것이 치밀어 올라서 머리가 지끈거
리기 시작했다. 머리보다 가슴께가 더 아프다. 하지만 유
빈이를 혼나게 하기는 싫었다. 아마 유빈이도 가슴이 쿵
쾅거려서 지금쯤 마음이 지옥일 것이다. 그것이면 됐다.

"아니에요. 저 하회탈을 창고에 놓고 와서 창고에 들
어갔는데 문이 고장 난 거예요."

선생님은 못 믿는 눈치였다. 난 선생님 눈길을 피했

다. 선생님은 내가 화장실에 갔다기에 화장실로 찾으러 갔는데 그곳은 쓸 수 없는 상태였다고 했다. 난 그 말에 고개를 끄덕였다. 그리고 폐교를 샅샅이 찾았는데 보이지 않던 내 목소리가 창고 쪽에서 들렸다고 했다.

"문 열고 들어가 보니까 넌 하회탈 안고 쓰러져 있더라."

선생님 말씀을 듣고 나니 눈물이 더욱 쏟아졌다. 선생님께도 죄송했고 나를 버리고 간 유빈이한테 잘못을 물어야 할 거라고 생각했다. 지금이라도 말할까 고민했지만 '유' 까지만 말했다가 그만 뒀다. 하지만 곧 가슴이 터질 것 같았다. 선생님이 가시고 나서 계속 한숨을 쉬었다.

"힘들어? 왜 그렇게 한숨을 쉬어."

난 엄마한테는 말해도 괜찮을 거란 생각을 했다. 안 그러면 숨이 막힐 것 같았다. 그래서 일단 다짐을 받았다.

"엄마, 제가 이 말 하고 나서 막 화내시면 안 돼요!"

엄마는 고개를 끄덕이고 내 손을 잡으며 이야기를 들었다.

"엄마, 사실 유빈이가…… 절 일부러 놔두고 간 것 같아요."

엄마는 몹시 놀랐다. 고릴라처럼 숨을 쉭쉭 내쉬더니

"내가 유빈이를 만나봐야겠다."고 하셨다. 흥분하는 엄마에게 이야기를 끝까지 들어보시라고 했다.

"수련회 때 있었던 도난사건 때문에 그런 것 같아요. 유빈이는 절 여전히 의심하는 모양이에요. 손전등만 남겨두고 갔더라고요. 멀쩡한 문이 안 열린 것도 유빈이가 문 양 옆에 자갈 같은 것을 끼어 놓아서 그런 거예요."

"아무리 그래도 그렇게 심한 장난을 한 건 잘못이야. 유빈이도 그걸 깨달아야 한다. 그나저나 너흰 정말 친했는데 참 속상하구나."

"그렇죠?"

난 잠시 동안 생각에 잠겼다.

"하지만 혼내면 유빈이가 고자질했다고 날 더 미워할 거예요. 더 이상 멀어지기 싫으니까 선생님께는 말하지 마세요, 엄마."

"엄마가 알아서 할게. 네 속이 많이 상하겠구나."

"그래도 다 얘기하고 나니까 좀 후련해요."

엄마가 내 손을 꼭 잡았다. 엄마의 부드러운 손이 느껴지자 잠이 몰려왔다. 이불을 다시 덮고 엄마를 바라보며 잠들었다.

# 5.
## 눈물

손이 부들부들 떨린다. 유빈이만 보면, 가만히 있다
가도 손이 몸부림을 친다. 내 몸은 입원을 하고 나서부터
유빈이를 싫어하기 시작했다. 하지만 나는 유빈이가 좋
다. 지금까지도 여전히. 사이는 멀어져만 가고 시간은 흘
러만 갔다.

유빈이는 크게 혼난 것 같다. 학교에서는 조용히 넘어
갔지만 엄마가 유빈이 엄마를 만난 모양이다. 유빈이는
며칠간 걸어 다닐 때마다 절뚝거렸다. 체육복을 갈아입
는데 애써 감추는 유빈이의 다리가 보였다. 시퍼렇게 멍
이 들어 안 그래도 얇은 다리가 더 가냘파 보였다. 나를
보는 유빈이의 눈빛도 더 날카로워졌다.

'네가 말해서 이렇게 된 거야, 너 때문에 이렇게 됐
어.' 날 선 눈빛이 그렇게 말하는 것 같다. 그런데 이상
한 것은 유빈이가 예린이와 급격히 친해지기 시작했다는
것이다. 소심하던 예린이도 유빈이에게는 몇 년 전부터
사귀어 왔던 친구처럼 대했다. 왜 유빈이와 예린이가 갑
자기 친해졌는지 궁금하다.

아무리 생각해도 이상하다. 이야기 한 번 나누지 않
던 둘이서 어떻게 친구가 됐는지 말이다.

"아이 참, 이상해……."

"뭐가?"

하림이가 턱을 받치고 물었다. 수연이는 옆에서 그림을 그리며 듣고 있었다.

"아니, 예린이. 그 소심하던 애가 어떻게 유빈이랑 확 친해졌냐구. 유빈이는 걔한테 한 번도 말도 건 적이 없잖아."

수연이가 그림 그리던 손을 멈췄다. 그리고 예전의 일을 회상하듯 말을 꺼냈다.

"야, 있잖아…… 나 저번에 예린이가 유빈이한테 말 거는 것 봤어."

"뭐? 뭐라고 하는 것도 들었어?"

"아니, 그런데 유빈이가 웃으면서 고개를 끄덕이는 건 봤어."

머리가 복잡해졌다. 무슨 이야기를 했을까? 왜? 그 이야기 이후로 친하게 되었을까? 머리가 뒤죽박죽해져서 수업시간에도 그 생각만 했다. 오랜 생각 끝에 하림이와 수연이에게 학교 끝나고 이야기를 나누자고 했다.

학교가 끝나고 맨 끝 분단 자리에 앉아 이야기를 나눴다. 내가 생각한 것도 모두 말했다. 그리고 수련회 사건을 해결할 수도 있는 작전도 말했다. 하림이와 수연이는 흔쾌히 같이 하자고 했고 그 작전은 바로 실행되었다.

"예린아, 잠깐만 이리 좀 와 줄래? 급하게 할 얘기가 있어서."

예린이는 알았다며 우리를 따라왔다. 우린 사람이 없는 예절실로 들어가 이야기를 했다.

"혹시 너, 수련회 때 있었던 일에 대해서 아는 게 있니?"

예린이는 흠칫 놀라며 말을 더듬거렸다.

"아, 아니, 왜? 아무것도 없는데."

"아는 게 없으면 한 것은 있겠네?"

수연이가 준비된 대사를 말했다.

"뭐, 뭘 했다는 거야? 뭐를……."

"유빈이 가방에 손 댄 적 없냐고!"

하림이가 다 안다는 듯 소리쳤다. 예린이는 안절부절 못했다. 난 수업시간 내내 생각해 두었던 말을 하기 시작했다.

"너가 유빈이랑 친해지고 싶어서 그런 거 다 알고 부른 거야. 그런데 유빈이랑 친한 우리들이 걸림돌이 됐지? 나를 유빈이에게서 떼어내려고 내 주머니에 돈을 넣은 거잖아."

예린이는 꼼짝도 못 했다. 손톱만 계속 뜯고 말하는 것을 망설였다. 우리는 아무 말 없이 예린이를 뚫어져라 쳐다보며 대답을 기다렸다.

"……미안해 미안해 얘들아."

예린이가 입을 열었다.

"아무리 친해지고 싶어도 그렇지. 어떻게 그럴 수 있어? 넌 공개적으로 사과해야 돼. 넌 우리 모두를 힘들게 했어."

"미안해, 정말 할 말이 없어."

"궁금한 게 있어. 왜 유빈이랑 친해지고 싶었던 거야? 그리고 둘이 만나서 무슨 이야기 했었어?"

수연이가 물었다. 예린이는 한참 생각하더니 말했다.

"유빈이가 나랑 같은 초등학교에 다녔잖아. 그 때 유빈이는 인기가 제일 많았었어. 나도 유빈이랑 친해지고 싶었는데 친해지자고 말을 못했던 거야. 마침 전학 온 데가 유빈이가 있는 곳이라서 방법이 그것밖에 생각이 안 났어. 그리고 내가 어려울 때면 도와주겠다고 했었어."

꽤 복잡한 이야기가 있었다. 예린이가 이해가 간다. 예린이를 보내고 우린 부둥켜안고 방방 뛰었다. 우리가 풀지 못할 수수께끼를 직접 해결했다는 것도 있지만 다시 유빈이와 친해질 수 있을 것 같아서 더욱 그랬다.

"내일 유빈이한테 말하자! 그 때도 같이 말하자!"

하림이가 방글방글 웃었다.

"오늘 도와준 것도 얼마나 고마운데, 괜찮아. 그리고 나랑 유빈이 사이 문제니까 이젠 내가 해결해 볼게. 그래도 되지?"

"그래, 알았어. 잘 해!"

둘은 웃으면서 힘을 북돋아 주었다.

다음 날, 어떻게 말해야 하나 종이에도 적어가면서 중얼거렸다. 학교 끝나면 유빈이와 이야기를 나누어야 하는데, 어떻게 말을 걸지 무슨 말을 해야 할지 고민이다. 어느새 유빈이와 이렇게 어색해졌다니 안타깝다. 학교가 끝나고 유빈이를 예절실로 불렀다.

"왜?"

첫 말이 중요하다, 첫 말이……. 

"휴우, 그러니까 어, 그, 수련회 때 있잖아."

유빈이 눈빛이 차갑다.

"네 돈 훔친 사람이 나왔어."

유빈이는 눈썹 하나 까닥이지 않고 말했다.

"누군데?"

"그게, 예린이야. 어제 이야기 했는데 스스로 인정했어."

유빈이는 한동안 말을 하지 않았다.

"허이고, 참나."

반응이 이상하다. 내가 바라던 말이 나오지 않을 것 같다.

"예린이가 그랬다고? 말이 되는 소리를 해! 예린이가

174

그랬으면 찔려서 진작 말했을 애야."

"아냐! 어제 자기가 그랬으니 미안하다고 했다니까!"

"웃기지 마! 네가 해놓고는 발뺌하려고 그러는 거잖아. 이젠 내가 예린이랑 친하니까 질투 나서 일부러 덮어 씌우는 거잖아!"

이 정도로 멀어졌었나. 유빈이는 내 말을 전혀 믿지 못하고 있었다. 다시 속이 답답해졌다. 내 절친한 친구였던 유빈이가, 벼랑 끝에서 우정을 다짐했던 유빈이가……

"으아아악!"

눈물이 솟구쳐 올랐다. 지금까지 참고 참아왔던 답답함과 속상함이 눈물로 나왔다. 4인방이 함께 어울렸던 일들이 주마등처럼 지나간다. 그건 한 장의 유리처럼 와장창 깨져서 불신으로 변했다. 눈물이 쉴 새 없이 나온다. 유빈이 앞에 주저앉아 엉엉 울었다.

# 6.
## 미안해

눈물을 한 가득 쏟고 난 다음부터 힘이 주욱 빠졌다.
내가 종이라도 된 것처럼 바싹 마른 것 같다. 계속 이 상
태를 유지하고 있다가는 하림이와 수연이랑도 멀어질지
모른다. 희망이 뽑힌 자리에 서 있는 나는 뿌리가 흔들리
는 나무처럼 휘청거렸다. 유빈이도 내게 이런 느낌이었을
까. 봄, 바이올렛 화분을 심고 다졌던 때처럼 벌어진 자
리를 메울 수는 없을까.

방학식이 얼마 남지 않았다. 한 달 이상 쉬면 유빈이
가 그동안 있었던 일을 모두 잊어버리고 예전 같은 마음
으로 개학을 하면 좋겠다. 열어놓은 창문으로 바람 대
신 무더위가 몰려들어왔다. 그 때 누군가 등을 툭툭 건
드렸다.

"야, 야."

"뭐."

고개를 돌리지 않고 말했다. 목소리를 들어보니 진우
인 것 같았다.

"밖에서 한유빈이 부른다."

무슨 일이기에 나를 부를까. 순간 나갈까 말까 고민
했다. 내 마음도 예전 같은 마음은 아닌 모양이다. 유빈

이가 화장실 앞에서 어슬렁거리고 있었다. 가만가만 다가가 어깨를 두드렸다.

"저기, 왜 불렀어?"

유빈이는 나를 쳐다보더니 예절실로 들어갔다. 할 말이 있나보다.

"그, 있잖아."

한참 후에야 유빈이가 입을 열었다.

"어제, 네가 나한테 했던 말 있잖아…… 다시 생각해 봤는데……."

아주 어렵게 하는 말인 것 같다. 시원시원하던 유빈이가 쉽게 말을 못 한다.

"내가 오해했던 것 같고 내 실수도 있고 그래서……. 그러니까, 정말…… 미안해. 다시 4인방이 되자."

유빈이가 손을 내밀었다. 이 말을 하려고 얼마나 망설였을까. '미안해'란 말은 쉬운 말이지만 말하기엔 어렵다. 난 주저없이 손을 잡았다. 유빈이가 활짝 웃었다. 우리 둘 다 활짝 웃었지만, 눈에는 눈물이 고여 있었다.

"아, 진짜정말진짜로? 꺄아아아!"

"드디어 우리 4인방이 돌아오는구나!"

화해했다는 내 말을 듣고, 하림이와 수연이는 팔짝팔짝 뛰었다. 나도 덩달아 기분이 좋아서 뛰었다. 이젠 빈

자리 걱정 없다. 함께 할 수 있는 시간이 다시 왔다!

"아, 잠깐. 이대로 끝나면 안 돼."

수연이가 멈춰 섰다.

"예린이, 예린이 그 녀석을 해결해야지!"

하림이도 맞장구쳤다.

"맞아! 우리들을 이렇게 힘들게 만든 장본인이잖아. 어떤 식으로든 일은 마무리 지어야 한다고 봐."

그리고 진지하게 입을 다물었다. 나도 예린이가 우리에게 싹싹 빌어야 한다고 생각한다. 그런데 어떻게 응징을 해야 되는지 모르겠다. 쉬는 시간이 끝나기 전에 회의를 했다.

"가자!"

우리는 완벽한 해결책을 들고 예린이에게 갔다. 우리가 또 몰려가니까 예린이는 긴장한 눈치를 보였다.

"너! 네가 한 잘못을 잘 알지?"

하림이가 크게 말했다.

"넌 그에 마땅한 벌을 받아야 돼!"

"우리 모두의 생각인데……."

우린 한꺼번에 외쳤다.

"너도 우리 4인방에 들어와!"

예린이는 깜짝 놀란 눈치였다. 당황했는지 아무 말도 못하고 있었다.

"4인방에 들어와서 매일 눈치 보며 살라 이 말이야."

"진짜 친구란 게 뭔지 똑똑히 보여주겠어! 닭살이나 돋지 마라."

예린이는 멍하니 앉아 있다가 눈물을 훔치며 웃었다. 자기도 만족한 벌이었나 보다. 이제 우린 5인방이 된 거다. 빨리 이 기쁜 소식을 유빈이에게 알려야겠다.

방학이 왔다. 웃음소리는 여전하다. 엄마, 아빠가 일을 나가고 나 혼자만 집에 있을 땐 5인방이 집을 채운다. 오늘도 그런 날이다. 지금은 엄마 머플러로 눈을 가리고 누가 어디 있는지 찾고 있다.

"여, 여기! 예린이지?"

옷깃만 스쳐도 알 수 있다. 우리가 초능력자여서가 아니다, 오래 함께 해 온 사람이라면 내가 만지는 게 누구의 옷인지 손인지 느낌인지 저절로 알게 된다. 즐겁게 노는 우리들의 모습을 창가의 바이올렛이 푸근한 빛을 내며 바라보고 있다. 늦여름 뜨거운 바람이 불지만 사분사분 춤을 추는 모습이 행복해 보인다. 나뭇잎 사이의 햇살이 아름답다.

# 추천사

## 기린아의 탄생을 기대하며

고정욱(소설가, 아동문학가)

글을 쓴 지 30여 년. 나에게는 가끔 자신의 글을 봐달라는 문학청년들의 원고가 날아온다. 내 젊은 시절 겪었던 문학에의 열병을 똑같이 앓고 있는 사람들이기에 기쁜 마음으로 그들의 글을 읽고 좀 더 나아질 수 있는 방향을 제시해주곤 한다.

하지만 한눈에 들어오는 가능성 있는 사람을 만나는 건 결코 쉬운 일이 아니다. 문학이 그만치 힘들고 어려운 분야이기 때문이다.

박한얼 양과 나의 만남은 이메일을 통해서였다. 자신의 작품을 보내 어떻게 하면 책을 낼 수 있느냐고 당돌하게 물었기 때문이다. 초등학생들 가운데 일부가 그렇게 작가가 되겠다고 꿈을 피력하는 경우는 많다. 하지만 대개 나는 그런 아이들에게 공부 열심히 하고, 책 많이 읽으면 나중에 자연스럽게 작가가 되어 있을 거라고 말해준다.

하지만 한얼이는 달랐다. 보내온 글이 아무리 봐도 초등학생 수준이 아니었기 때문이다. 결국 나는 한얼이를 만나보게 되었고, 진짜 문학에 재능이 있는 아이라는 사실을 알게 되었다. 재능 있는 제자를 만나 키우는 건 군자의 즐거움이라는 말을 굳이 들먹이지 않더라도 초등학생 수준을 뛰어넘는 한얼이의 글을 보면 이 아이의 미래가 궁금해진다. 여기에 실린 세 편의 소설은 동화가 아닌 그야말로 어린이가 쓴 소설이다.

첫 작품 <나의 작은 나무동굴에서>는 사교육에 시달리며 자신만의 시간을 갖지 못하는 어린이가 대자연으로 가출을 한다는 내용을 담고 있다. 어른들이 흔히 간과하기 쉬운 아이들의 느낌이 잘 드러나 있다. 아이의 행복을 위해서라지만 사랑이라는 이름으로 가해지는 폭력에 가까운 강요가 얼마나 버거운 것인지 잘 알 수 있다. 집을 나서 깊은 산 속에서 호젓하게 살고 싶은 건 어른들만의 로망이 아님을 깨닫게 해 가슴 뜨끔하다.

두 번째 작품 <바이달린>은 한 아이가 어려움을 이겨내고 바이올린 연주자로서 자신의 꿈을 향해 나아간다는 내용이다. 개연성과 구성에 문제가 없지는 않지만 바이올린을 연주하는 예술가의 자세가 어떠해야 하는지 너무도 깊이 있게 다루고 있다. 곡을 해석하고, 연주해내는 과정을 탐미적으로 그려내고 있어 과연 작자가 초등학생이 맞나 싶게 만든다.

세 번째 작품인 <화분>은 초등학교 교실에서 있을 법한 여자아이들의 알콩달콩한 수다와 질투, 그리고 시샘이 잘 그려져 있다. 글 쓴이의 세밀한 심리묘사가 뛰어나며, 초등학생들이 우정이 어떤 것인지를 성공적으로 표현한다.

이 책에 실린 세 작품은 아마 초등학생이 쓴 본격 소설로는 국내 최초가 아닐까 싶다. 그만치 지은이의 작가적 재능과 가능성이 엿보이는 작품들이다. 어린이의 글이 빠지기 쉬운 황당한 괴담이나 판타지가 아닌 자신의 이야기를 사실적으로 그리고 있어 더더욱 가상하다. 그 가능성 또한 무한하며 큰 기대를 갖게 한다.

재능이 있는 사람들은 잘 커야 한다. 작은 승리의 경험을 계속 누적시켜 나중에 큰 승리를 이뤄야 하기 때문이다. 이 소설집의 주인공 박한얼 양이 부디 건강하게 잘 자라 문학계의 기린아로 촉망받길 기대한다.

「kjo123@chol.com」